隠居生活10年目

不安は9割捨てました

大原扁理

大和書房

はじめに

ほとんどのみなさま、はじめまして。そして知ってくださっている方にはこんにちは。大原扁理です。

何をしている人かひとことで言いますと、20代から隠居生活をはじめ、かれこれ10年が経ちました。

なぜ20代で隠居なんぞはじめたかといえば、弱肉強食の経済至上主義社会でフルボッコにされて、すべてがイヤになっちゃったからです。出世競争にはボロ負けしましたが、あきらめの速さなら誰にも負けません。

で、さっそくですが、この本のテーマは「不安」です。

隠居ふぜいが、「不安」について何を語ることがあるのか、疑問に思われる方もいらっしゃるかもしれませんね。

まずは簡単に自己紹介をば。

私は愛知県で生まれ育ちまして、高校を卒業してから一人で海外を働きながらうろついたり住み着いたりしたのち、23歳で上京。しかし働いても働いても余裕がない東京でのアルバイト生活に嫌気がさし、家賃の安い郊外に光の速さで逃げました。それからというもの、生きていくのに不要不急と思われる労働を捨て、消費を捨て、人間関係を捨て、夢や目標を捨て、「こうしなければいけない」という思い込みを捨て……**そして不安も、9割がた捨ててきました。**

そしてどうなったかというと、いまでも毎日わりとハッピーに生きています。

「どうせはじめから恵まれた家庭で育った高学歴のボンボンだろ」と思われるかもしれません（↑実際言われたことがある）。期待を裏切って申し訳ないですが、そこそこ貧民家庭で育った単なる高卒です。親の遺産もなければ、投資やＩＴの知識もありません。それでも隠居できちゃってるんだから、世の中ってわからないもんです。

これを書いている現在は台湾に移住し、同じような生活を続けて4年目（ただし、２０２０年はコロナ禍と親の介護のために一時帰国中です）。

大学進学も就職もしたことがないし、「社会の常識」ってやつからはだいぶ外れているかもしれないけど、「自分の実感」にしたがって人生を作っていく、厳しくも楽しい日々を送っています。

不安が「自分を生きること」を邪魔する

隠居生活をはじめてから、何の因果か、自分の体験や考えていることを本に書く機会がありました（『20代で隠居　週休5日の快適生活』など）。

すると、「私もこんな生活がしたい！」という声を、ネット上や現実世界でよく見聞きするようになりました。中には、「部分的に取り入れてます」という人もいて、それぞれに、ふーん、と思いながら聞いてます。でもほとんどの人は、「隠居したい」と思っても、実際にはやらないようです。

はじめに断っておきたいのですが、私は普段から、隠居生活を人に勧めたり、押しつけたりする意図は1ミリもありません。みんなが隠居してたらちょっと気持ち悪いし、人のマネなんかしないで自分の生きたいように生きるのがいちばんいい。それが「自分を生きる」ということ。

けれども、人が「こういうふうに生きてみたいけれど、実際はやらない」というとき、そこには何かしらの「不安」があって、それが自分を生きることを邪魔しているのではないかと感じます。それって、わからんでもない。「自分を生きる」って、言葉で言うほど簡単じゃないし、いろんな茶々が入ります。

世界は不安でいっぱいだった

「不安だから」という理由で、何かをやったり、やらなかったりしてしまう。そういう経験の百や二百、誰にでもありますよね。

でも「不安」ってひとくちに言っても、かなりぼんやりしていて正体がよくわからない。

「不安」とは何なのか、広辞苑で引いてみると、このように定義されています。

「安心のできないこと。気がかりなさま。心配。不安心。」

うーん、辞書なのに、何このぼんやりした定義。ぜんぜんわからん……。

そこで私自身のことを振り返ってみることにする。今でこそ何の不安もない隠居生活者と見えるかもしれませんが、若いころはけっこうフツーの、みんなと同じような不安を抱えていたもんでした。

本編でもっと詳しく書きますが、その中身について簡単な例をあげると、

・自分が楽しいことを優先していたら、親や先生に怒られるんじゃないか？
・人と違うことをしていたら、クラスや社会で仲間外れにされるんじゃないか？
・自分は人よりも能力が劣っているから、将来人並みほどにも稼げなくて、生きていけないんじゃないか？

といったことがありました。

その不安の結果はというと、

・楽しいこと、好きなことをするのに罪悪感をおぼえる。やりたくないことを多少ムリしてもがんばってやる
・本心では違うんじゃないか？　と思っていても自分の感情を黙殺。周りに合わせる

・人と同じことがふつうにできない私がせっかく見つけた仕事なのだから、どんなにつらくても絶対に辞めてはいけない

こんなふうに先回りして言動を制限。こうなると、自分の実感するところなんて二の次、三の次です。

で、これをあまりにも繰り返しすぎると、もう反射神経のように自然に制限するようになってしまい、なんでそんなことをしたのか、疑問を持つことすらやめてしまうんですよね。

こうしたことに気がついたのは、20代も半ばを過ぎて隠居生活に突入し、自分の言動を振り返るくらいの余裕ができたころ。

自分があとからイヤ～な気分になるときや、なんだかしんどい、うまくいかないようなときって、いつも同じパターンじゃないか？　と思うようになったんです。

その瞬間は、うまくやり過ごせたような気がするのに、喉の奥に引っかかるような、まるで誰かから少額のお金を借りっぱなしでまだ返せていないような後味の悪さが、しばら～く続く。この後味の悪さがどこからはじまったのか。**注意深くたぐり寄せていく**

と、必ずどこかで「不安」を筆頭とした、ネガティブな想念に突き動かされている瞬間に突き当たる。

でも、ちょっと待てよ。それっていつから、どうやってはじまったんだろう？

不安のはじまりと「完全な存在」の話

考えてみると、子どものころ（とくに幼稚園に入る前まで）は、自分の世界は半径5メートルくらいだったけれど、すごく完結していたなあ、と思います。そこにはほとんど他者との関わりがなく、家族以外の人間関係を持たず、ていうか必要ともしておらず、そして不安もなかった。自分の世界は、今よりずっと小さなものだったけれど、たしかに世界と調和していたし、私が私であることは誰にも邪魔されず、何の問題もなく、ただそれだけで完全な存在のように感じられました。

人は成長するにつれて、外の世界とのかけはしをたくさんたくさん作って、自分の領域を広げていくものです。でも、それを広げていけばいくほど逆に、自分の世界を構築するために自分以外のほかの誰をも必要としていなかった「ただそれだけで完全な感覚」を思い出して、あのころの心境に帰りたくなるんですね。子どものころって、「できないこと」なんて考えてなくて、「何ができるか」のほうに、いつも自然に気持ちが向いていた。

あのころは不安なんて、ほとんど感じたことはありませんでした。ただおぼえていないだけかもしれないけれど、あっても忘れているくらいなら、大したことはなかったんでしょう。

だから私の不安は、外の世界と関わるようになってから本格的にはじまったのだと思います。

現在の不安と私

そうしてだんだんと茫洋とした外の世界へと踏み出して行ったはいいものの、それから約30年がたった現在、私は隠居生活という自分だけの、不安を限りなく抑えた小さな世界に戻ってきています。

ところが、よく考えたら、はじめに書いたような不安の内容って、悲しいことに、全部実現しちゃってるんですよね。

私は今でも、

・(働かなさすぎて) 世間から怒られる
・(自分から率先して) 仲間外れになっている
・人生でいまだかつて年齢別平均年収を超えたためしがない

つまり若いころに心配していた不安は、解決するどころか全部的中した。

それなのに、不安が実現してしまった世界は毎日ハッピーで、わりと満足して生きることができている。

どういうこと!?

じゃあ、不安っていったい何なのでしょうか。

自分のなかで何が変わって、何は変わらなかったのか。あるいは何かを一度あきらめて、そして取り戻したのか。

この本で書きたいこと

この本では、私が現在に至るまで、人生をしんどくさせる「不安」にどんなふうに駆られてきて、それをどう見極め、取りのぞき、その後はどう付き合っているのかについて、まとめてみたい。

そこで、まずはじめに、

①いかにして私は不安になっていった

のか

②不安な世界から離れてみたらどうなったのか

③自分の世界をカスタマイズしはじめる

この順番で、自分の不安を最小化させていくまでのプロセスを振り返っていきます。

次に、

④もう一度、世界と関わる

では、以前と比べて、不安を最小化させてから（隠居生活に突入してから）の私と外の世界との関わりがどう変わっていったのか、そこで感じたことなどをレポート。

そして最後に、それらの体験を踏まえて、

⑤結局、不安って何だったのか

をまとめます。

私は25歳で隠居生活を通して、「自分を生きる」ことをはじめましたが、それでも遅かったと感じています。気がつかないうちに不安に支配されて、踏み出すことをあきらめてしまっていた時間がもったいない。でもいまさら取り返すこともできません。

せっかく人よりも、（金はないが）時間にだけは恵まれた生活をしてきたのだから、なかなかゆっくりと時間をとって、何が本当は不安なのか、自分と向き合うことができないようなとき、この本があなたの不安の正体を喝破し、よりよい毎日を生きていくために、少しでもお役に立ちますように。

contents

隠居生活10年目 不安は9割捨てました

第2章

不安な世界から離れてみる

第3章

自分の世界をカスタマイズする

第4章

もう一度、世界と関わる

第1章

こうして私は不安になった

親と不安

親から与えられる不安というと、なにか毒親とか虐待とか、そういう過激な家庭だけの話で、自分は関係ない、と思われるかもしれません。が、すべての家庭に共通する不安があります。

これは、親のせいというよりは、人間の社会がそうなってるんでしかたないことなんだけど、親子というのははじめから不均衡なパワーバランスの上に成り立っているものです。

生まれた瞬間から自力で歩き出したり、泳ぎ出したりする他の動物と違って、人間の子どもの自力で生きられなさってハンパないですよね。だからかなりの年齢になるまで、悔しいけど親か、それに代わる人に頼って生きるしかない。

生きるか死ぬかが自分ではない誰かの一存にゆだねられているんだから、ある程度ものがわかるようになってそれに気がついたとき、不安にならない子どもはいないんじゃないでしょうか。

これが「親と不安」の根っこにあるものです。

で、この不安を大きくするかしないかはその家庭次第なんですが、まあたいがいは不安を大きくしちゃってると思う（笑）。

私自身が幼少期に家庭で培った不安を探ってみると、「自分の好きなことをしていると、どうやら親が喜ばない」というのがありました。大人になった今ならべつに喜ばれなくてもいいんですが、子どものころは生存がかかってるので、親に喜ばれないとなると、これはかなりの不安を伴います。

喜ばれないどころか怒られたりすると、「やりたいことはできないようになっている」という思い込みへと、不安がすくすく成長。

たとえば、こんなことがありました。

「あんたは3歳ぐらいからピアノ習いたいって言っとったで〜」とは母の弁です。しかし父が戦中生まれで古い考えだったため、「男が楽隊屋なんてダメだ。剣道をやらせろ！」ということで無理やり剣道に行かされました。剣道のことはまったく覚えていないが、私はその後も「ピアノを習いたい」とことあるごとに訴え続けました。

親は「男だからピアノはダメ」というのが私に効かないとわかるや、「ウチは貧乏だから、そんな金はない」と突っぱねるようになりました。そんな高いもん買ったら、うちがつぶれてしまうぞ、それでもいいのか、と。子どもの罪悪感に訴える戦法に出たわけですね（金はないはずなのに、頼んでもいない塾やそろばんやスイミングスクールには毎日のように行かせられている、ということに気がつかなかった私は完全にアホだった）。

そのころ朝の5時からたたき起こされて、行きたいと頼んだわけでもない塾の勉強をさせられながら、私はどうしてもわからなかった。なんでやりたいことはできなくて、やりたくもないことを、こんなにがんばってやらなければいけないんだろう……。

うーむ、これが人生ってやつなのか。

だんだん刷り込まれていく子どもの私。

まあ、家庭のつばぜり合いはどうしたって経済を握っている親が優勢になるもんですよね。ピアノをあきらめさせたい親はしめしめ（と思ったかどうかは知らない）です。私はしかたないので、機会があるときに友人宅や学校でピアノをいじくりまわしていました。

　こういう経験って、誰にでも10個や20個くらい、あるんじゃないでしょうか。

　小学校5年生のとき、私に神風が吹きました。担任だった小堀先生がそんな私を見かねて、家庭訪問のときに私にピアノを習わせてくれるよう、親に直談判してくれたのです。

「ウチはピアノなんて買うお金ありませんから」と言う親に、「それなら学校で使っていないオルガンをあげましょう」とまで提案してくれました。そこまで言われたらさすがに親もＮＯとは言えません。今なら不公平だといって問題になりそうな事案ですよね。１９９０年代は、まだそういうのんきな時代でした。

　こうして3歳児のころから訴え続けて苦節7年、やっと私はピアノ教室に通うことを許されたのです。小堀先生ありがとう！

　ただし、課題として出されたバイエルをまったく練習せず、好きな曲ばかり持ってきてはそれを弾き、やがて楽譜も無視して勝手にアレンジや作曲もするようになったため、ピアノの先生から「あなたに教えることは何もない」と言い渡され、結局辞めることになったのは、小堀先生には口がさけても言えません。

その後も家で毎日夜までオルガンを弾きまくり、一曲弾けるようになってもほめられるどころか「うるさい！」と怒られる日々は続くのでした……。


そういえば、私はひまさえあればテレビゲーム（ぷよぷよ、ＦＦ－Ⅵなど）に熱中していて、夜通しそれで遊んでむちゃくちゃ親に怒られていたんですが、オルガンをもらってからは夜通しオルガンを弾くようになったので、自然とテレビゲームから離れてしまいました（「音楽ツクールかなでーる」という、音楽を作れるプレステソフトには引き続き熱中していましたが）。

いま、むりやりこじつければ、親に禁止されて持て余したエネルギーが手近にあったテレビゲームに流れていたような気がする。どうせ夜通しやるほど熱中して怒られるならはじめから好きなことをさせてくれればよかったのに〜と思う。子ども時代っていうのは、ホント、うまくいかないもんですねぇ。

この話には後日談があって、大人になってから、私は時々ピアノを弾いたり教えたり音楽を作ったりして、小遣い稼ぎができるようになりました。まあ、私がもらったのはオルガンだし、ピアノ教室はクビになってるし、成功体験とは言えないかもしれませんが……。

だがしかし！　この話のキモは、お金のことではありません。

どんなにダメだと言われても、あのとき自分のやりたいことをあきらめなかったという事実は、あんなしょぼい成功体験でも、その後の人生で「やりたいことはできないようになっているんだからしょうがない」とあきらめそうになるときに、「**いや、よく考えたらそんなわけないよな**」と踏ん張り、いまもどこかで私を支えてくれているような気がします。そういう体験が一つでもあれば、それを心のお守りのように持っておくことで、「やりたいことはできない」という呪いを解くことができると思う。

とはいえ、人生がうまくいかないことを親のせいにできるのは、期限付きの裏ワザだとも感じます。それをやっていいのは、誰がなんと言おうと親の言うことを聞くしかない、という年齢を過ぎるまで。

独立したら、親に喜ばれなくたって罪悪感とか持つ必要ないんです。自分が稼いだ金で好きなことをしてるだけなんですから！　と、頭ではわかっていても、子どものころに身につけた不安の記憶って強烈にこびりついて、なかなかとれないもんですよね。

大人になったいま、親が子どもにダメだダメだと言うのは、一般的には子どもの生存に対する責任が発端になっていることが多い、というのはわかる。

これが、生きるか死ぬかだけの話なら、とても簡単なんです。

たとえば車がびゅんびゅん走っている道路に飛び出そうとしたので、襟首つかんで引き倒されたとかね。こういうのはあとから考えたらありがとうしかない。

の、ですが。難しいのは、「よりよい人生」を送るにはどうしたらいいか、という話になったときなんですよね。

親が子どもに対して、ただ生存しているだけでなく、できれば「よりよい人生」を生きていってほしい、と願うのは当然でしょう。だから親は子どもに対してあれはしろ、これはするなと口を出す。

ただし、何が「よりよい人生か」というのは、誰しも自分が生きてきた時代や社会の

常識で判断しているものです。

そうすると、親っていうのは少なくとも、子どもより20年古い価値観で判断したところの「よりよい人生」を思い描いているわけです。

ところが子どもはそれより20年先の世界を生きていかなければいけないわけで、よかれと思ってされた親からのアドバイスが古すぎてまったく役に立たないどころか、新しい時代には子どもの邪魔になることもある。20年違うだけでも衝突するんだから、うちみたいに高齢出産で40年以上も違う場合、衝突が倍増するのは当然じゃないでしょうか(笑)。

私が大人になって、やっぱりあのとき親の言うとおりにしなくてホントによかった、と思うことが多いのは、そういうことなんじゃないかなぁ。

というわけで、どう見ても人権侵害な場合を除き、親が私に「よりよい人生(40年前の、というカッコつきではありますが)」を送ってほしいと願ってした言動を責めることは、やっぱりできないと思う。

ピアノの件だって、たしかに昔はピアノに関連する仕事に就いているのは女性が多かったので、「男がピアノなんて覚えても人生に何の役にも立たない」と考えて、私がピアノを弾くことを喜ばなかったとしても不思議はないですからね。

では逆に、私の親が何を喜んだかといえば、要するに私にやらせた習い事のジャンルで成果を出したときですよね。テストで１００点とったとか、公文で優秀児童として表彰されたとか。そういう、誰にとってもわかりやすそうな、最大公約数的な成果でした。それ以外の成果は、どんなにがんばっても無反応（笑）。

私がはじめての本『20代で隠居』を出版したときもすごかったですよ、親に渡したらまさかの怪訝顔でノーコメント！　次に帰省したときには、他の紙類とともに十字に縛られてゴミに出されそうになってたのであわてて救出したんですから。

いやたしかにうちには読書という文化はなく、親が本を読んでるところなんて私は人生で一度も見たことがない。だから「隠居」で「出版」の意味がわからなかったかもしれないが、喜ばないにもほどがあるっつーか、これにはさすがに力が抜けた……。

まあでもしかたないかな〜、とも思う。

うちの父は工場勤務、母は惣菜店のパート、休日はテレビとパチンコ、夢はマイホームという、「昭和の日本の父さん母さん」をテーマに絵を描かせたら、誰が描いてもそうなるだろうというような、ごくフツーの人たちだったんですよね。

そんなごくフツーの親が思い描く「ごくフツーのよい人生」というものにぜんぜん私が当てはまらないので、そりゃあ大変だったでしょうけどねぇ。こっちだって40年以上前の価値観に自分を当てはめてたら、さすがに生きていけないからしょうがない（笑）。

でも、ピアノだけでなく、一人で世界一周、単身上京、会社に勤めない生き方などなど、親に喜ばれなかったことって、ぜんぶ飯のタネになっています。親に喜ばれなくてもやりたい、もしくは親が喜ぶとしてもやりたくないことは、最終的に何らかのかたちで自分を生きていく目印になるのだなぁ、と思う。

だから親の反対は、自分はそれを本当にやりたい／絶対にやりたくない、を見極めるリトマス試験紙、くらいに思っておくといい。

現在、私はうまくいかないことがあっても、反発しまくったおかげで親のせいにしなくて済んでいる、ということを本当にありがたく思う。

学校と不安

次に、学校で植え付けられた不安というのが絶対にある。

ただ私の場合、学校とひとくちに言っても、小学校と中学校では性質が違ったように思います。

小学校のころは、どんなに勉強できなくても、髪の毛が生まれながらに多少茶色くても、義務教育だからよほどの理由がなければ中学校に進学できないということはなかった。何かいたずらをして先生に怒られるときもあとくされがなく、ひと言でいうと「ま、いっか」みたいな雰囲気がありました。

私が通っていた小学校は私服でしたから、まず着てる服からして全員違います。すると、少しくらいの個体差は見た目の違いに埋もれてしまう。すごく背が高いとか、すごく太っているとか、よほど規格外でないと目立ちにくかったんですよね。「少しくらいなら」違って当然、という共通認識があったように思う。

人と違うことが本格的に叱責や排除や暴力の対象になるのは、中学校からでした。

中学校に上がると、制服、髪型、言葉遣い、学校外での行動に至るまで、なんだか各方面から「団子のように同じでなければいけない圧」を感じるようになっていきました。**ちょっと制服のボタンが開いているだけで「調子に乗ってる」とか言われるような謎の常識が横行する世界。**

でも私は気にせず、制服よりも運動着のジャージのほうが好きだったので、一人だけずっとジャージを着ていたし、音楽を作るのに熱中してしまい、友人と音楽を作ってテープに吹き込んでは壁新聞などを作って宣伝し、同級生に売りつけたりしていました。

授業の合間に「あ！　今日って宇多田ヒカルの新譜発売じゃね⁉」とか思うと、もう買いに行かずにいられない（↑今でも覚えてますが、そのとき授業を抜けて買いに行ったのは『Distance』というアルバムでした）。「落ち着き」なんて、母の胎内に忘れてきたに違いありません。

そんなことしてると、目立たないはずがないんですよね。

私自身は、小学校のころから変わらず、好きな服を着て好きなことを自由にしていただけなんですが、周りはそうではなかったらしい。空気や不文律のようなものを敏感に察知して、カメレオンのように環境に合わせて態度を変えていたとは……。私はどんくさくて、ずいぶんあとになるまで気がつかなかった。それで先輩に目をつけられて、そりゃもう袋叩きにされ、「ヘンな奴」としてクラスメイトにも腫れ物扱いされるようになりました。トラウマなので、今でも思い出すと体が震えます。全然解決していない。

　トラウマになるとどうなるかというと、ほんのちいさなきっかけで、あのときの恐怖がフラッシュバックして、どうもなんだかヘンになってしまうのです。

　たとえばこんなことがありました。

　私が東京に住んでいたころ、倹約生活であったために、よく多摩川べりで野草を摘んで食べていました。そのとき、芸能人Uさんとばったり遭遇。

　Uさんといえば、元暴走族の総長で有名です。瞬時に私の頭の中で、暴走族＝ヤンキー＝殴る蹴るなどの暴行を加える、の図式ができあがりました。

　とつぜん草むらから出てきた私は、絶対に怪しそうに見えたに違いありません。もうここで私は正常な思考を失っていますから、野グソしてたとか思われたらいじめられてしまう、とか考えて慌ててしまい、誰も私に何の質問もしていないのに自ら虚空に向かって叫んでいました。

「や、や、野草を摘んでいたんです！（だから殴らないで！↑心の声）」
Uさん「あぁ……、そう」
「こ、こ、このへんにお住まいなんですか？（蹴らないで！）」
Uさん「うん。すぐそこだよ。君は？」
「そ、そ、そこに自転車を停めて、歩いてきたんです！（髪の毛をつかんで引きずり回さないで！）」
Uさん「どこに住んでるのか聞いてんだよゴルァ!!」

もうダメだ死んだ、と私は思いました。命からがら逃げ帰り、電話で友人にたったいま殺されかけたことを報告すると爆笑されましたが、本人はトラウマだから真剣です。ていうか、Uさんは物腰柔らかく、とても丁寧な方だったので、「ゴルァ!!」とかは私の幻聴だと思います。

これは、よく考えなくてもおかしいんです。私はもう大人になっているし、そこは中学校ではないし、そもそもUさんは私に暴力を加えた張本人ではないから、べつに殴られることはない。と、頭ではわかっているけれど、トラウマっていうのはそういうもんじゃないんですね。場所や時間軸や対象は関係なく、ほんの何かのきっかけでフタが開いてしまう。

パブロフの犬という有名な実験があります。

犬にエサを与えるときに、ベルを鳴らしてから与えることを続けると、犬はベルの音を聞いただけで唾液を分泌するようになる、というやつです。場所や、時間や、誰がベルを鳴らしたか、というのは関係がない。

私が「ヤンキー」と聞いただけで「殴られる！」と思ってトンチンカンになってしまうのは、もうパブロフの犬のような条件反射。何が言いたいかというと、その不安は私のせいではないということです。

自分では必死に隠していたつもりなのにその後も「自分」はにじみ出てしまっていたのでしょう。私は目の敵にされ続け、結局上級生のヤンキーたちが卒業するまで日常的に殴られ続けたのは、今となっても全然笑えません。

よく、「あれがあったから今のあなたがある」みたいなことをキラキラした顔で言う人がいますが、私は**つらい経験をむりやり正当化しなければいけないことほど、つらいことはないと思う。**

さて、話が大幅にそれたので、本題に戻ります。

中学生のころは、先生の怒り方が、一段階ねちっこくなったようにも感じていました。小学校のように、一発殴ってハイおわり（私の時代はまだ体罰が日常的にありました）、ではなかった。ひと言で言うと、「お前たちの進路は握ってるぞ。だから言うとおりにしろ」という、脅しのようなドロっとした感じ。先生ってこんなんだっけ？

人と違うことをして目立つと殴られたり、仲間外れにされたり、将来が途絶えたりするのではないかという不安は学校で根づいたように思う。そして、そんなの間違ってると大人になってますます思う。

暴力的な手段を使ってでも「自分を生きること」をあきらめさせようとするすべてのものに、私は怒り続けています。

仕事と不安

私は中学の卒業式翌日から働いていました。実家は裕福ではなかったので、生きてるだけで金がかかるというのに子どものころから愕然としていました。

親に対しては感謝というよりも負い目しかなく、ただの金食い虫なのだから、早く自立しなければと思っていたのです。ピアノのときも、自分で金を稼げさえすれば親にとやかく言わせないのに、と悔しかった。

そこで、卒業前に新聞販売店に行って、新聞配達をさせてくれと頼みに行きました。しかし、「中学生はいろいろ問題あるからダメ」と一蹴。とにかく最速で働けるのが中学卒業後だったんですね。

公立高校に進学したので、校則でアルバイトは禁止されていました。でも知ったこっちゃありません。どうせいつか自分で金を稼がなければいけないんです。その練習をして何が悪い。

親には相談していましたが、当然のように「校則だからダメ」と言われたので無視。

アルバイト先には「親の許可もらってます！」と嘘をついて、働くことにしました。

近所の中華料理屋のアルバイトだったんですが、これがぜんぜん使い物にならなかったんです。

まずごはんが盛れないんですよ。意味わかります？　私にもわからない。「もっとふんわり盛れ」とか言われて、「ふんわりって何だろう」みたいな（笑）。何が違うのかサッパリわからない。何度もやり直させられた挙句、「もういい！　お前はごはん盛るな！」とあきらめられました。

あとお盆が持てなかった。どんなに練習してもバランスがとれなくて、ラーメンの汁をこぼさずに持って行けたのは数える程度。そして3歩あるくとお客さんの注文を忘れる。調理場を手伝えば、チャーハンに使うハムを容器ごとひっくり返す。

このとき私は重大な事実に気がつきました。世の中には2つの人種がいる、それは私と私以外……。

とにかく仕事がぜんぜんできなくて、親や他のみんなはどうしてあんなに普通に働けるのか。雇い主から見ても、からっきし使えなくて腹立たしかっただろうと思う。そこしか職場を知らない私は、無能なんだからここを辞めても他に行くところなんかない、とすっかり信じ込んでしまいました。

１年半ほど耐えつつ働いていましたが、そのうちかわいい短大生が入ってきて、彼女のミスもなぜか私が悪いと怒られたり、会話にも入れてもらえず、だんだん目の敵にされはじめました。

　さすがにつらくなってきたころ、実家が引っ越して遠くなったこともあり、結局思い切って辞めてしまいました。

　いまでも覚えていますが、時給は６５０円。はじめての給料は１９，８００円。自分でお金を稼ぐという体験は貴重だったし、やっておいてよかったと思うけど、最後のほうは帰り道ほとんど半泣きでした。いつか自立しなければいけないのに、学業の片手間のアルバイトすら満足にできないんです。人より劣っているってことは、大人になったらきっと私は稼げなくて、生きてはいけないんだろうな……。

私には「高校生」というポジションもあったので、アルバイトでの挫折感は半分くらいで済みましたが、もし高校へ進学せずにフルタイムで働いて失敗していたら、ダメージが大きすぎて引きこもりになっていたかもしれません。

いま振り返ってみると、家が裕福ではないにしろ、貧乏だったかどうかはよくわからない。たしかに外食や旅行はほとんどできなかったけど、とりあえず衣食住はあったわけだし、両親も共働きでした。たぶん「貧乏」というのを水戸黄門の印籠のように振りかざせば私が黙る、というのを覚えて、こりゃいいやみたいな感じで（笑）、「貧乏だからダメ、ムリ」を連発していたんじゃないかと思う。

私には兄が一人いるのですが、同じ家に生まれ育っているのに私と違ってずいぶんのんびりしていました。

私は私立高校なんて金がかかるからダメだし、中学を出たら即働かなくては、と勝手に焦っていたのに、兄は悠々と私立に行き、高校3年生のときに気まぐれにアルバイトに行っては一日で辞めたりしてましたから（笑）。私だけが家が貧乏だと、すっかり洗脳されていた。

でもまあ、たしかに大学に進学するお金はなかったので、今で言うところの「相対的貧困」というのに該当するのかもしれませんが。

さて、だいたいこのくらいで、一人の子どもが「自分を生きることへのぼんやりした不安」を育てるのには十分じゃないでしょうか。

不安なのは誰のせい？

でも、こうして見ると、そもそも人と違うことや、私が私であること自体が不安の原因ではなかったんだなあ、と思います。私ははじめからそういう人間なわけで、それをダメだというのは私ではなく、いつも他人からはじまっていた。他者との関わりがなかったころは不安ではなかったんですから。

自分という人間が、親や他人や社会の期待通りにできないとき、叱られたり殴られたりして、「自分はダメなんだな」と洗脳されていく。そうしてだんだん、**自分のやりたいことや、思ったことに先にフタをしていくようになる**（ちなみに仕事に関しては、お金を稼ぎたくて自分で選んで行ったことなので、少し性質が違うような気がしますが）。

しかも子どものころって、圧倒的に知識や経験が不足しているので、ひとつのパターンが全部と思いこみがちですよね。そんなことないですからね。そこがダメでも、世の中には、いろんな場所がありますから。

不安に支配されて、人生がなんだかうまくいかないようなとき、まずはあまり深く考えず、いいとも悪いともジャッジせず、とりあえず自分のせいじゃないことにしておけばいいんです。

よくある一日

朝、起きる時間はまちまちです。だいたい午前6時〜正午までの間でしょうか。

東京で住んでいたアパートでは、南に大きな窓があったので、朝がくると部屋が明るくなって、自然に目が覚めたものですが、現在の台湾のアパートは4階・西向きなうえに、西側にもアパートが建っているので日当たりが悪く、朝がきたのに気づくのが遅れがちです。さらに台湾はゴミ出しが夜なので、ゴミ捨てがてら朝日を拝むこともなくなりました。30代になりますと、朝日を浴びるためだけに着替えて階段を4階分上り下りするのが老体にたいへん億劫なのです。あ、激安物件なのでエレベーターなんてもちろんありません。スーツケースを運ぶときに、毎回腕がちぎれそうになりますが、たかがエレベーター付きの物件に住むためだけに、余分に働きたくないので、これで大丈夫です。

あさイチで窓を開けて顔を洗い、白湯を飲みながら今日やりたいことをリストアップ。そして排便、瞑想〜ヨガ、ラジオ体操が最近お気に入りのルーティンです。

そして朝食を済ませたら、そこからはお待ちかね、出口のない砂漠のように広大な自由時間のはじまりです。

午前中はだいたい、掃除洗濯、あとはブログの更新や、趣味の文章を書いたりしています。仕事があるときは、それを先にやっつけます。

午後は外出。散歩がてら食堂でなんか食べて、スーパーで食材を買い、廟《びょう》にお参りし、地域猫にエサをやり、おさわりしようとしてキレられ、帰宅してちょっと昼寝。天気のいい日はタピオカミルクティーを買って、近所のベンチでぼーっと日光浴したり、芝生でまた昼寝。

晩ご飯を食べたら本を読む。たまに語学の勉強とか、気になることを調べたり、映画を観たりもします。あとゴミ出しも。台湾では、道端でゴミ収集車がやってくるのを待たなければいけません。このとき道が大行列＆大渋滞し、人々の隙間を縫ってバイクが走り抜け、阿鼻叫喚のなかを排気ガスと臭気にまみれながらセルフでごみを収集車に投げ込むのです。台湾に住んでいるなあ、と感じる瞬間です。

あとは気が向いたら近所の大学のグラウンドをジョギングしたり、筋トレもします。でも気分がよくなるか、体が温まると終了。筋肉はちっともつきません。運動してるのを見られるのが恥ずかしいという中2女子のような自意識につねにさいなまれ、どうせ誰も見てないけど、必ず暗くなってからか、筋トレは自重でできるやつを家でするようにしています。

そしてシャワーを浴びて就寝。今日もとりたてて何もしなかったなぁ、と達成感に包まれながら寝落ちするのは最高の気分です。

睡眠時間もまちまちで、0〜12時間です。今日は4時間で目が覚めました。たまに寝ないときもありますが、昼寝もしますし、平均するとだいたい8時間くらいでしょうか。隠居なので、寝ても寝なくてもどっちでもいいや、と思うと寝なくても意外と平気で、べつに寝なくてもいいんだと思うと逆によく眠れるか、眠れなかったら眠れなかったで「この時間帯って、外はどうなってるんだろう」とか気になって夜半すぎにわざわざ見に行ったりもします。

たまに「あっ、おなかが痛いかもしれない！」とか、「いま心臓がチクっとしたような気がする！」とかで目覚めますが、2秒ぐらいすると「でも楽しかったな……。みんな今までありがとう」とあきらめてふたたび寝落ち。今のところ、そのまま目覚めなかったことはありません。

第2章

不安な世界から離れてみる

不安な世界へようこそ

私が東京ではじめて住んだのは、杉並区の閑静な住宅街にある家賃7万円の一戸建てシェアハウスでした。

東京23区で一人暮らしをするということについて知識のある今なら、広い共有スペースがあるとはいえ北部屋の4畳半にそんな大金つぎこむなんてハッキリ言ってアホかと思いますが、当時は無知なのでわからなかった。

このときから金銭的にまったく余裕のない、不安でいっぱいの自転車操業ライフが1年半続くことになります。

まあ、明らかにこのときの反動で隠居生活に振り切ったわけなので、結果オーライといえばそうですが、やっぱり経済的には完全に失敗だったと思う。

なぜ失敗したかというと、無知からくる自分への過信と、準備や情報収集の不足でした。

というのも、それまでは行きゃあなんとかなってたんですよね。

上京する前は、世界中をほっつき歩きながら一周してたんですが、そのときでさえ世界一周経験者の本を一冊読んだだけで「行けるっしょ」と即決。

服は下着を含めて１セットのみ、パソコンもクレジットカードもケータイもなし、お金は40万円を現金とトラベラーズチェックにしたものだけ（予算１００万円のうち、60万円は世界一周航空券で消えました）。もちろんスーツケースもなし。出発前にバックパックの重量を計ったら、５キロしかありませんでした。

今なら40万円ごときで１年かけて、物価の高い大都市を含めて世界一周なんてできるわけねーだろ、とつっこむところですが、若さっていうのは怖いですね〜、何の疑問も持たずそのままに出発。

案の定、途中で資金が底をつき、ハワイ、ニューヨーク、ロンドンで違法労働をする羽目になりました。幸か不幸か、これでなんとかなっちゃったので、石橋をたたくということを知らないまま上京してしまったんです。

いざ上京してみると、アルバイトの競争率が高くてすぐには働けないわ、働けたとしてもシフトをたくさん入れると穴が開いたときに困るから少ししか割り当ててもらえないわ、ちょっと人に会うのにも交通費や飲食代がかかるわで、気がついたら休みない細切れのアルバイト地獄から抜け出せなくなっていました。

こうして、家賃を払うためだけに働いているような状態になり、シェアメイトにお米とかを分けてもらいながら、何のために生きているのかもわからなくなり、うまくいってる他人には舌打ちし、困っている人がいたら助けるどころか「ザマーミロ」と思うようになっていたんです。当時はかなり精神状態が悪かったと思う。

それでも抜け出すことができたのは、私が違和感に対してしつこい性格だったからかもしれません。

贅沢がしたいわけでもない、フツーに生活したいだけなのに、こんなに毎日働いていても苦しいなんて……。「これが当たり前なのかなぁ」と思いながらも、心のどこかでは、**「こんなのはなにかがおかしい、絶対におかしいはずだ」**という違和感を、親の仇のようにずっと持ち続けていたんです。

不安な世界から逃げる

そんな状態でしたので、杉並区に住んでいたころは、生活費が高すぎて毎月の国民年金をまったく払えていませんでした。当時はがんばって毎日働いても月収が10万円ちょっとのアルバイト生活でしたから、家賃を払ったあと、生活費を残したら、月額１４，６６０円（当時）なんていう大金はどうやっても捻出できなかった。

するとどうなるかというと、自分がダメ人間のような気がしてくるんです。同年代のほかの人たちはふつうに年金も払えているのに、私は１円も払えていない。20代前半男性の平均年収は約２４８万円だと言ってるのに、全然稼げてない。自尊心はウナギ下がり。

「人並み」が、喉から手が出るほど欲しい！

こういうときに、タダで「人並み」をくれるって言う人がいたら、飛びついていたかもしれません。私が変なことに巻き込まれなかったのは、運がよかったというのも多分にあると思います。

それで、私がどうやってそれに立ち向かったかというと、これがまったく立ち向かってません。解決もしてません。ただ、すたこらさっさと逃げたんです。

ちゃんと働いてるのに、こんなに生活に余裕がないなんて。こんなもん、私がおかしいんじゃない、社会が私に求めてくる水準のほうが間違ってる！　ほとんど逆ギレみたいですが、そんなふうに思ったら、ほんとうに、こんな高い家賃を払うほうがおかしいような気がしてきました。

　そんな折、たまたまネットサーフィンしてたら、東京には郊外というエリアがあり、そこなら家賃が格段に安いということをぐうぜん発見したのです。

　というわけで、国分寺市の駅から徒歩20分以上離れた価格破壊アパート（２８，０００円）に逃亡。そこで待っていたものは、週休5日というバラ色の人生でした。いや、もちろん週休5日に落ち着くまでには、引っ越してから2年くらい試行錯誤が必要だったんですが。

　不安でいっぱいのときって、思考の幅が狭まるうえに、発想がものすごくネガティブになりがちですよね。**冷静な判断力が鈍っているから、そんなときに重大なことを決めないほうがいい。**なんだかよくわからないけど不安でしかたがないなら、とりあえずそこから離れてみましょう。

そうはいっても、離れてどうなるのか、考えると不安な方もいるかもしれません。でも大丈夫です。次は私が不安な場所から離れたあとのことを書いていきます。こういう前例もあるということで、ぜひシミュレーションに使ってみてください。

逃げてみて、わかったこと

国分寺市に引っ越したとき、私はもう社会というもんに疲れ、ほとほと嫌になっていました。

それで私生活での人間関係を切り捨て、ケータイは解約。毎日自炊して、食材も野草なんかを摘んできて無料で調達。服もローテーションで1年着回せるもの&自分で洗えるものだけを残し、移動は必ず徒歩か自転車と、節約生活に精を出しました。

そして家賃が安くなったことも手伝って、生活費が激減したので、超忙しいストレスフルなバイトを退職することもでき、週休5日で年収は１００万円以下で暮らしていけるようになりました。

するとどうでしょう。何も困らなかったんです。困らないどころか、隠居生活を始めてからは、人にお米を恵んでもらうこともなくなりました。

あれ？　私って、隠居してからのほうが経済的に自立してないか……？？

このとき、社会が求めてくる「フツー」の水準ってえらい高かったんだなぁ、そこに合わせて自分をダメ人間とか思う必要全然なかったんだ、とわかったんです。

そのときは、何もわからなくていい

逃げるときのポイントは、他人にわかってもらおうとしないことです。他人にわかってもらうのを待ってたら時間がかかるし、その間に人生手遅れになっちゃったら、悔やんでも悔やみきれない。

逃げるときは、自分を説得する必要さえありません。自分を説得しようとするときって、これまたたいてい自分の心の中にいる他人（親や知人、世間とか）を黙らせるためにやっていることがほとんどですよね。説得はできるかもしれないけど時間がもったいない。

そして、不安でいっぱいのときに、逃げたあとに自分がどういうふうに生きていくのか、とか考えるのもやめたほうがいいです。不安なときは、正常な判断力が欠けていますから、**とにかく不安を軽減するのが最優先。**

理由がないと逃げてはいけないということはないんです。そこにいると不安だから逃げる、まずはこれで大丈夫。理由を作りたかったら、とりあえず外野のノイズが入らない安全地帯に避難してからでもいいんじゃないでしょうか。

さて、いったんつらい場所から抜け出したら、「あ〜よかった」で終わりにしないで、ぜひやってみてほしいことがあります。

それは、以後、人生の舵を自分で握ること。

私が国分寺市に引っ込んだとき、端から見たら、「ただの負け犬が逃げただけ」のように映っただろうと思います。実際、私も逃げる気まんまんでした。でも同時に、自分の人生に対するコミットメントというか、「こりゃあ簡単には引き返せないぞ」という覚悟、責任感のようなものが芽生えたのも感じていたんです。

今になって思えば、23区内に住んでいたころはまだ、自分の人生を、「東京」に預けてしまっていたと思う。苦しくても、うまくいかなくても、それは東京の家賃が高いからしょうがない、私の責任ではない、といったふうに。だから失敗しても東京のせいにして、地元に帰ればあら不思議、私は何にも悪くない。

ところが東京は家賃が高いから生活が大変だとブーブー言ってた私が、家賃が安い郊外に引っ越して、それでもうまくいかなかったら？　そりゃあ私自身にも何か原因があるに違いない、ということになってしまいます。

自分は責任を負わなくていい。ある人にとっては、それは甘い誘惑のように映ると思う。自分がどう生きていきたいか。何が正しくて何が間違っていて、何を信じればいいのか。もっと具体的に言うと、自分が生きていくのに本当はいくら必要で、そのためにどんなふうに働き、あるいは消費すればいいのか。そう悩んだときに、不安はつけ込んできます。

社会（もしくは親や会社など）が用意した生き方をそのまま何の疑問も持たずに受け入れれば、居場所は与えてやる。でも自分で考えて決断していくのなら、お前のことなんか知らん――と脅されているような気分になるんじゃないでしょうか。

人生の決断を他人任せにしている人は、やがて結果に責任を感じることをやめてしまいます。

私が郊外に逃げたとき、正直言って逃げることしか考えていなかった。でもあのとき実は、人生がうまくいかないことを、東京に、そして自分以外の何者かに背負わせるのを拒否したのだと思います。それを拒否して、人生の舵を自分で握ったとき、本当に自分の人生がはじまった。あのときの武者震いを、私は忘れることはないと思う。

実用編

不安な世界から離れるために

自分のやっていることが、自分が本当に望む状態とズレているときって、微妙な不快感があとあとまでずっと続くものですよね。でも、不快感を感じていられる間はまだマシで、ひどいときには、もう疲れ切ってしまって、快も不快もよくわからず、自分がズレていることにすら気がつかないのかもしれない。

この不快感を、きちんと不快感として認知するセンサーが作動していないと、「自分を生きること」から、どんどん自分が遠ざかってしまいます。それが続くと、だんだん不安が増してくるのだと思う。

なぜ不快なのか、その不快感がどこから来ているのか、これからの人生どうしたいのか、とか考えるのはあとで大丈夫。まずははじめの一歩として、不快な感じ、ズレている感じに敏感になれるといいですよね。そうはいっても、いきなり仕事を辞めるとか、田舎に引っ越すとかはできないし、私も一気にそこまでやる勇気はなかった。

そこで不安な世界から最終的に離れるための第一歩として、私が実際にやってみてよかった、そして今でも続けている具体的な行動を紹介します。

□携帯／スマホをオフにする

まずは手元にあるスマホの電源をOFF！　誰でも今すぐにできて、かつ、とびぬけて簡単なことといえば、コレだと思います。

私は東京で隠居生活をしていたときは、携帯を持ってなかったんですが、4年くらい前に台湾へ引っ越したのを機にスマホを買いました。これが日常生活のあらゆる隙間に食い込んでくるのにビックリしています。**食べながらスマホ見てる人って、これだったのか！**

ほかにもたとえば、駅でエスカレーターを上がっているときとか。電車を待っている間とか。起き抜けの夢と現のはざまの時間とか。以前なら、ただボーっとしていただけの時間に、むちゃくちゃ侵入してくる。で、ボーっとする時間を取り上げられると、「はやくはやく！」っていつも追い立てられてるみたいで、なんか気が休まらない（っていうか、自分がスマホを取り出してるわけなんですけど……）。

それで、一度ためしにオフにしてみるとわかるんですが、スマホがない世界ってものすご〜く、静か。その静けさによって、逆にスマホやネットを通じて入ってくる情報が、どれだけ声が大きかったか、内容がうるさかったか、自分がどれだけそうした情報や広告に頭のなかをブンブン振り回されて落ち着かない気分でいたのかわかる。これが新鮮で意外と楽しい。

さて、スマホをオフにすると、頭のなかのメモリが空いたところに、おもしろいモノが入ってきます。

私が最近おもしろいなと思ったのが、「スマホだって、四六時中私と一緒にいると疲れるかもしれない。24時間オンのままなんて、私だったら絶対イヤ」と感じたことです。

それで、スマホをオフにして部屋に置きっぱなしにして外出するとき、ふと思いついてスマホを枕の上に置き、かけぶとんをかけてあげました。今日はゆっくり休んでね、ってな感じで。そして部屋を出ていくときにベッドをチラ見したら、なんか、寝てる姿がかわいいんですよね〜（笑）。お〜、寝てる寝てる、なんつって。「お疲れ様。いつもありがとう」っていう気分になる。

「で？」って、思いますよね。

実は、それだけなんです。

スマホをオフにする（＝空白を作る）っていうのはつまり、言動に、何らかの結果や理由やオチ、あるいは成果やコスパを、つねに求められる世間の風潮からちょっと解放されてみる練習、みたいな感じがする。結果とか理由とか、わざわざ説明して納得してもらわなくていいんだ！　という開放感。この瞬間って、スルメみたいに噛みしめたい滋味深〜い快適さがあるんですよね。

……と、これで終わってもあれなので、無理やり何かの話にしますが、日常を楽しくさせてくれるものにもいろいろありますよね。なかでも、麻薬的な引きの強さがなくて、あとに疲れの残らないものって、意外とボーっとしてる間に、こういうスピード感でやってくるんじゃないかなあ。

スマホがないと、出かけたときに、目に見えるものや、耳に聞こえるもの、頭の中で思いつくものがずいぶん違う。人の歩き方とか、フォトジェニックじゃない何の変哲もない景色とか、他人の会話の語尾とか、とるに足らないものがすごく見えてくるし、聞こえてくる。で、それを引き金に思いつくことのアホらしさ。スマホにおふとんかけちゃうとかね（笑）。

のべつまくなしスマホをいじくってると、こういうアホらしさが生まれる空白が詰まっちゃうんだな～。

それで、その空白が何の役に立つかっていったら、ここが大切なんですけど、何の役にも立たないんですよね。むしろ、役に立たなければいけないことばかりに囲まれているときの、余白を許さない、息がしにくい状況って、けっこうストレスだったんだな～、と。

スマホのない時間・空間の静けさによって、あ〜私はあのとき追い立てられて不安だったのか、とわかるんです。

ほとんどの人はスマホがある状態に慣れているので、はじめはスマホをオフにしているほうが、落ち着かない感じがあるかもしれません。だから大丈夫、それは正常です。

それでもスマホをオフにする習慣を続けていると、スマホやネットの情報に反応するのが、ほんの一瞬、遅くなるのがわかります。で、ほんの一瞬反応が遅れると、ネットの情報って、流れて行っちゃう。

それを、「まあ、追いかけなくてもいっか」と思えたとき、ちょっと安心感が増えている。本当に縁がある情報なら、いつか必ず、しかるべきときにまた出会えるだろう、とリラックスして構えていられる。

重要なポイントとしては、これは何度も定期的にやらないと、また少しずつ不安になってくる、ということです。一度不安を払拭できたから、もう大丈夫、とはいかない。不安というのは、ホコリのように、気がついたら音もなく降り積もっているようなもの。頻繁に掃除しないと、またフィルターが目詰まりを起こして、「快／不快」のセンサーが働かなくなって、気がつかないうちに違うことまで受け入れてしまう。

たったこれだけですが、続けることで、不安な世界から離れるためには、小さいけれどたしかな効果があります。慣れないうちは不快かもしれないんですが、はじめは夜だけ、とかでいい。慣れてきたら出かけるときにわざと置いていくとか。だましだましその時間を延ばしていくと、「スマホ、少しくらいなくても大丈夫じゃん」と思えるようになってきます。

「ないと生きていけないと思っていたものが、なくても意外と大丈夫」とわかるときの、ものすご〜く自由な気分。一度体験してみるといいと思う。

□行きたくない誘いを断る

行きたくない飲み会や合コンなどに誘われて、断り切れずにＯＫしてしまった、というようなことって、誰にでもありますよね。

それ行くのやめてみよう！

って、いきなりハードル高いな、と思われるでしょうか。対等な友人関係ならまだしも、上下関係とかが発生してると、かなり断りにくいですよね。そんなとき、私はどうしているのかというと、なるべく全部断ります。で、このとき断りやすくするために、ちょっとしたウソを捏造するんです。

ウソをつくと言っても、自分にウソをつく、ということではありません。どちらかというと、行きたくない場所に行くというほうが、自分にウソをついてる、という感じがしますよね。どうせウソをつくなら、大事な自分より、どうでもいい他人のほうにつけばいいんです。

だいたい、会いたい人に誘われてたら、はじめから「行きたくないな〜」ってモヤモヤなんてしませんから。他人といっても、誘われてイヤだと思うくらいなんですから、そんな人にいい顔しなくていいんです。

私はたいがいヒマなので、行けるっちゃ行けることがほとんどなんですが、基本的に一人でいるのが何よりも好き。でも、それをはっきり言うと角が立つ。ですから誘いがあったときは、存在しない理由を捏造して断ることが多い。

まず、直前のお誘いだったら、「ちょっと風邪気味で……」とか、「今月金欠だから……」などが定番です。言霊というのを信じているのなら（私は信じてる派です）、断った後にひとりで「うっそぴょーん」とか言って、打ち消しておきます。

そしてまだ先のお誘いだった場合は、「そのあたりは（旅行や帰省などの）予定があるから、もしキャンセルになったら連絡する」で、そのまま放置。相手から何も言ってこなければ、しめしめってなもんです。

困るのが、断る準備ができていないときに、急に面と向かって誘われることです。

断る理由を捏造しようにも、私は頭の回転がそんなに早くないので、

「え〜……」

「なんか用事あるの？」

「ないけど……」

「じゃ空けといて」

みたいな感じで、よくわかんないうちに行くことになっていたりするのです。

この場合は、参加するのにお金が発生したりする場合もあるので、対処は早いほうがいいです。家に帰ってからさも用事を思い出したふうに、もっともらしい理由をつけて断ります。

そして、ここが重要なのですが、行かなくてもよくなったら、**なぜ行きたくないことを、正直に「行く気分じゃないから行かない」と言えなかったのか。**せっかく断って時間ができたのだから、よく考えるといいと思います。

今後の人間関係に影響が出るのがイヤでしぶしぶ付き合ってるなら、損得勘定で付き合う人を選んでいるのかもしれません。

断って気分を害されるのが怖いと思うようになっているなら、その人は何かしらの方法でこちらをコントロールしようとしていないか、それは健康的な関係なのか、とか。

で、もちろん自分にも他人にもウソなどつかずに断れるならそれがいいんですけど、それよりもラクなのははじめから誘われないことです。

本当に小さな積み重ねなのですが、これを年単位でずっと続けていると、ふしぎなことに、行きたくない誘いに誘われることや、断れない案件自体が減っていきます。めでたく「付き合いが悪い奴」として認定された、ということなのでしょう。

ウソをついたり、断るにもエネルギーがいりますから、時間をかけて、行きたくないお誘いをしてくる人と距離をとるのが得策です。せっかくのエネルギー、自分の人生を充足させるのに使いたいですね。

□温泉に行く

日常的にスマホをオフにしたり、誘いを断ることが難しい、という場合は、物理的にスマホを持ち込めない、もしくは誘われても行けない場所に出かける、という方法もある。

そこで温泉です。温泉って、現代社会で一般人が簡単に行けて、しかもスマホを持ち込みにくい、超レアな場所のひとつだと思う。しかも日本は温泉大国。どんな都会でも、1時間も電車に乗れば、泊まりで行ける温泉のひとつやふたつ、ありますよね。

私は東京に住んでいたころは、月に一度は日帰りですが温泉に出かけていました。東京都内だと檜原村、神奈川県なら茅ケ崎や鶴巻温泉、埼玉なら吉川、千葉県なら白子温泉あたりでしょうか。

わざわざ時間とお金をかけて温泉まで出かけて行く狙いは、前述した「スマホをオフにする」の効果と同じです。放っておくとどんどん詰まってしまう人生の空白を、意図的に、そして強制的に作りに行く。

それから温泉の場合は、ふだんの生活圏から離れることで、自分の生活を客観的な視

点で見られる、という利点もあります。

離れてみると、悩んでいたことが意外と大したことないと思えることも多い。他人事って自分と関係ないから、落ち着いて見られるんですよね。あの視点を、自分に対して持てるような感じがあります。

注意点としては、空白を作りだすことが目的なので、なるべく文字や映像などの人工情報が少ない場所に行くこと。浴室内にはテレビがついていることがありますが、とくにサウナとかそういうのが目に入ってしまう一角は避けて、自然に囲まれていてボーっとできる露天風呂なんかがあればベストです。

いまスマホに連絡があっても、この時間だけは物理的に応答できない。この開放感。いつでもどこでも誰からも連絡がつく状態というのは、微妙にストレスだったんだな〜、とわかります。

□瞑想してゼロになる

私が瞑想をはじめたのは、周りの人から「瞑想をしている」という話をよく聞くようになったから、というごく単純なきっかけで、ここ2年くらいのことです。といっても、悟りたいというわけではなく、興味本位で「ちょっとやってみようかな」という感じでした。で、とりあえず古本屋で瞑想の本を一冊買って、それに従ってやってみることにしました。

ものすごく端折って言うと、意識的な体の動きを止めてひたすらじっとしてるだけなんです。でも頭の中はいろいろ考えてますよね。それをただただ、考えた端から流していく。

たとえば、「今日の夜何食べようかな」と考えたとしたら、「今日の夜何食べようかな、っていま考えたな～」と流す。「あ、あの人にメール返してないな。なんて返そうかな」と考えたとしたら、それも「あの人にメール返してないな。なんて返そうかな、っていま考えたな～」と流す。

私の理解では、頭の中に泡のように浮かんでくることは、ただ単に「思ったこと」。「考えたこと」。なので、「思ったこと」に何も足さずに、どんどん、ひたすら、ただただ、流していきます。

対して、「それならああしよう、こうしよう」とその先へ展開させようとするのが、「考えたこと」。なので、「思ったこと」に何も足さずに、どんどん、ひたすら、ただただ、流していきます。

そのうちに、「あのとき気づかなかったけど、あの人が私に言ったことってヘンだな」とか、もしくは「あのときは自分が、見栄を張って思ってもないことを言ってしまったな」とか、他人や自分の、エゴによってズレた不快な言動への気づきが浮かんでくることもあります。

あるいは、「あの問題は、余裕のない心が問題のように見せていただけで、余計なことをしないで放っておけばいいことだな」とか、わかることもあります。それも展開さ

せずに、ひたすら流すんですけどね。

　さて、10分なり20分なり、瞑想が終わって目を開けると、あら不思議。いつも見慣れた自分の部屋が、はじめて来た場所みたいに新鮮に感じる。「この部屋の大きさだと、音がこういうふうに響くんだな」とか、「あそこに窓があって、そこから光が入ってくるんだな」というふうに、目に映る世界が新しくなって、いまはじめて認識したような感じがします。

　一回、自分がゼロになる感じ、とでも言いましょうか。旅先で朝目覚めたときに、一瞬自分がどこにいるか忘れている感じに近いかもしれません。一応、これが私の「瞑想ができているかどうか」の見極めです。

ポイントは、何か得るものがあるからやろう、とかではなく、「ただやる」こと。虚心坦懐に、期待をしないで、ただそれをやることです。

そうはいっても、何もいいことがないとやってられない、と思う方もいるかもしれません。私は何で続けてるのかっていうと、しいて言えば、何も考えなくていいっていう状態が、すごくラクなんですよね。その状態を強制的に作れるのが「瞑想」なんです。

ね、だから「スマホをオフにして／温泉に行って、ボーっとする」のと似たような狙いがあるんです。この時間だけは、いま私を私たらしめているすべてのことに責任を持たなくていいというか。**私はここにいるけどいません。だから不安なんて知ったこっちゃありません。という感じ。**とりあえず不安と距離を置くためには、とても簡単で、有効な方法だと思います。

ものすごく有能な社長が、どんなに忙しくても定時にジムでのトレーニングを欠かさず、その間は秘書でも連絡はとれない、という話を聞いたことがあります。もしかすると、こうした「ゼロになる時間」って、背負うものが多い人ほど快適に感じるのかもしれません。

どれでもピンときた方法で、ためしに不安な世界から離れてみてください。

実用編

感情のスクリーニング

不安な世界に生きるのを拒否するために、私が地味～に続けていることのひとつに、「感情のスクリーニング」というのがあります。

自分が何か言動を起こすとき、何はともあれいっぺん立ち止まる。そして、その言動がどういう感情から起ころうとしているのか、落ち着いてよーく精査してみるんです。

とくに、ネガティブな感情（不安、恐怖、強迫観念、焦燥感、劣等感、罪悪感、嫉妬、憎しみ、虚栄心、所有欲、支配欲、承認欲求ｅｔｃ.）に突き動かされてはいないかを。

自分を顧みても、心っていうのは隙あらば、ネガティブな感情に突き動かされた言動を美化・正当化するために、正義や、大義名分や、自己犠牲の精神なんかをかぶせてきやがります。そうすることで、ネガティブな感情に突き動かされてしまう自分に言い訳をする。

言い訳なんかしないで、ほんとにやりたいことなら思いついたまんまやればいいんです。なのにわざわざ言い訳を用意して、それを言動に移しやすくしやがる。ってことは、たぶん心のほうも、落ち着いて考えずにネガティブな感情を即言動に移すと、あまり気分のよい結果にはならないかもしれない、とわかってはいるのでしょう。心ってすぐそういうふうに自分をだましてくるので、なかなかあなどれない。

たとえば私自身が最近、ネガティブな感情に突き動かされ、それを心がごまかそうとしやがった事例を挙げてみます。

コロナ禍で一時帰国&外出自粛真っ最中の5月のこと。

やってらんないので、気晴らしによく近所を散歩し、野花を観察するようになりました。

ある空き地に黄色い花が群生しています。生命力が強いのか、めちゃくちゃたくさん咲いているので、一輪摘んで部屋に飾ろうかな〜、と思い立ちました。ここまではよしとする。なんのネガティブさもない。ところが次の瞬間、私はこう考えました。

花屋で買ったら一輪数百円かかるけど、道端で摘んだらタダやん。お得！（↑物欲の発生した瞬間）

まあでも、これも百歩譲ってよしとしよう。

私はおもむろにスマホを取り出し、写メってネットで画像検索をかけてみました。すると、「オオキンケイギク」という名前が判明。問題はそのあとです。

「オオキンケイギク」は１８８０年代に鑑賞・緑化目的で日本に持ち込まれ、そのまま帰化した外来種であり、２００６年には「特定外来生物」に指定。繁殖力が強く、在来種を脅かし、生態系を破壊する恐れがあるため栽培や販売が禁止されている、と。

で、私はこう考えたんです。「じゃあ、これを摘みまくることで、私は日本の生態系を守ろう！」（↑物欲を大義名分で正当化した瞬間）

……怖っ！

いや、怖いっていうか、めっちゃくだらない（笑）。大義がでかすぎる分だけ、書いていて情けなくなるくらいくだらない……。実際、この心のごまかしをとらえたとき、自分が情けなくなってちょっと落ち込みましたもん。何が「日本の生態系を守ろう！」だよ。ほんとは部屋に飾る花をタダでたくさん手に入れようとしただけだろうが！
「日本の経済を回そう！」という大義名分を振りかざし、セールで爆買いする心理も、これと似たようなことかもしれません。

で、そうした心のトリックを見破ってですね、ネガティブな感情を発見したとき、それを行動に移すのを、ためしにやめてみるんです。

つまりこのときは、オオキンケイギクを「日本の生態系を守るために」大量に摘みまくるのではなく、当初の無邪気な思いつきの通り、一輪だけ摘んで持ち帰る（ちなみに観賞用に切り花にしたので、栽培はしてません、念のため）。そしてその結果、どうなったか経過観察してみます。

たいていの場合、何も起こらないと思います。

そりゃそうですよね。だって行動には移さなかった＝この世にそのネガティブな感情を発現させなかったんだから。見た目には、はじめから何もなかったのと同じ。

外から見ても何も変わらないし、だから説明しにくいうえに、自分の中だけのことだから、本当にごまかし放題なんですよね。

しかも悲しいことに、こんな些細な「感情のスクリーニング」なんて続けてても、他人からの「いいね！」なんか一個ももらえない。いやむしろ「固有の生態系を脅かす特定外来生物を発見したので、摘み取っておきました」とかＳＮＳで発信したほうが、「いいね！」がもらえるのかもしれないけど（笑）。

ところがよくできたもんで、ネガティブな感情を正当化してる人って、ちゃんとちぐはぐな印象になっちゃうんですよね。

慣れてくると、すぐわかるようになります。正義や大義名分や自己犠牲の精神で美化・正当化された言動って、まず声が不自然にでかいんですよ。あと、なんだかものすご～く圧をかけてくる感じ。存在がうるさいっていうか。

これは、自分も他人も同じです。

社会的にいいことをしてるのに、なんでこの人の話を聞いてるだけでイライラするんだろう？　とか（笑）。ひとことでズバッと言い表せられない、この種の微妙なノイズを感じるとき、私はその場の誰かがネガティブな感情に突き動かされているのでは、と疑ってみることにしています。

これって超能力みたいな話じゃないんです。他人の言動が「社会的に善きことか」よりも、**その人がどういう気持ちで行動しているのか、のほうを、みんな意外と鋭敏に感じ取ってるんだと思う**。

本当のことは、いちいちデカい声で言わなくていいんです。

さて、何も変わらないなら、感情のスクリーニングなんかしなくていいじゃん、と思われるかもしれません。が、これを地味に続けていると、ごほうびがあります。それは、ネガティブな感情に突き動かされて言動を起こさなかったことによる、静かな満足感です！

……って薄謝にもほどがある（笑）。

でもですね、これって不安のない快適な毎日のためには、小さいながらも無視できないものがあります。それから、自分を律することができているのは、自信にもつながりますよ（↑必死のフォロー）。

COLUMN 2

台湾隠居

衣

衣類の量については、東京に住んでいたころとほとんど変わりません。夏は無地の白Tシャツに短パン、春秋はチェックの長袖シャツと黒いカラーパンツ、冬はハーフサイズのダッフルコートと防寒具（ニット帽、マフラー、ムートンブーツなど）。このメンツも変わらず、10年選手も多くなってきました。引き続き3〜4パターンを1年間着回しているので、衣替えも必要なし！

意外だったのですが、台湾といっても私の住んでいるのは北部なので、冬はたまに10度を下回ることがあります。年に数回コートが必要な日があるくらい。だから一応コートは1着だけ残してあります。

そして台湾は暑いです。日本の夏用の服（Tシャツと短パン）では追いつきません。布の面積がさらに少ない、タンクトップとランニングパンツという超夏服でないと乗り切れない。私は夜市で買ったり、もらったりしたのを着ています。汗をかくし、ガンガン洗うので高いやつなんて着てられません。足元はもちろん安いビーサン。

台湾のいいところは、暑すぎて、おしゃれとかどうでもよくなっているところです。暑すぎると、暑くないことが最優先！　生物として正しいと思う。だから自意識の火花が散ってるような東京の表参道や六本木なんかと違って、布をまとってさえいれば人間扱いしてもらえるので、めっちゃラクです。

まとめると、夏服と春秋服は東京で着ていたものをそのまま着用、冬服は一着だけ残して処分、代わりに超夏服が増えました。超夏服は、数は増えても薄くてかさばらないので、全体的には微減、くらいでしょうか。

第3章

自分の世界をカスタマイズする

「自分を生きる」ために

私はたいへん心根がひん曲がっているので、若かりしころなどは、「自分を生きる！」とかいう言葉を聞くと、実践したこともないくせに、わかったような顔して「うわ〜何そのキラキラ偽善ワード、さむっ」と思っていました。

というわけで、あのころの中2病末期の私に向けてという体裁をとりまして、ここで今の私が考える、「自分を生きる」とはどういうことか、をちょっと書いてみたい。

「自分を生きる」ということほど、それを口にする簡単さと、実際やってみるむずかしさのギャップがあることも、なかなかないと思う。

まず、「自分を生きる」と言うときに、そもそも自分が何なのか、どうしたいのかわからない、という人が圧倒的に多いんじゃないでしょうか。

そこで、「自分は何が好きか」と考えるのが、いちばん簡単に思いつくとっかかりだと思います。

しかしここでまた、「自分って何が好きなんだろう……」とわからなくなってしまう人も、少なくないですよね。

で、悪いことに、そんなときにメディアが、自分と同年代なのに世界で活躍するオリンピック選手のこととかを持ち上げて、それに親が感化されちゃって、引き合いに出しがちなもんだからタチが悪い。そんな天才と比べるな！　てか製造元の責任を問え！と言いたい。

でもたしかに、いま世界中で活躍してる人たちって、昔の「艱難辛苦を耐え忍び、ついに成し遂げた」っていう感じでもなくて、「好きで好きで熱中しちゃって、ただやってたらこうなった」みたいな感じの人が多い。浅田真央ちゃんも、辻井伸行くんも、藤井聡太くんも、みんなとにかく楽しそう！

だからこそ、「自分の好きなことをして生きていく」ことがすごく注目されるのかな、と思う。の、ですが。そこまで好きなことがないからといって、自分がダメだと思う必要は一切ありません。

私は、目指すべきは「自分の好きなように生きる」であって、それは「自分の好きなことをして生きていく」とは、微妙に違うと思う。

ひねくれたことを言うと、「好きなこと」で「生きていく」となったときに、現代社会では必ず「で、それは経済的にどれだけ貢献するんですか？」みたいな話がくっついてくるのが謎。なんで好きなことでそんなにお金を稼がないといけないのか。どっちでもええがや。

「好きなことをして生きていく」のは、その字面通りの狭い意味しかないけど、「好きなように生きる」とは、もっと広い意味があって、「そこまで好きなことはとくにないので、このままで満足」という態度も含むと思うんです。

あと、「自分は人生で絶対にやりたくないことがあって、それだけはしないで生きていく！」という生き方も、「好きなように生きる」に含まれる。

だから何が言いたいかというと、「好きなことで生きていく（ただし経済的生産性も兼ね備えた）」人がクローズアップされがちなだけで、**「好きなことはとくにないかな〜」という人も、「これだけはしないで生きていく！」という人も、「自分がない」ってことは、ないんです。**

「自分を生きる」というのは、いま世間で言われているような狭い意味ではなく、もっと間口が広く、かつ懐の深い、みんなに関係のあること。

「好きなことで生きていく」と聞いたときに、「うんうん、やっぱりそうだよね！」と思う自分もいれば、「え〜何それ、しんど」と思う自分もいるんです。「好きなことで生きていく」ができない人は自動的に「自分がない」とされる社会なんて、そっちのほうがさむいと思う。

で、私はどちらかというと、「それで生きていきたいほど好きなこと」っていうのはなくて、「これはやりたくないな〜」と思うことで、自分を確認するタイプです。

じゃあ私のやりたくないことは何かというと、「どこの誰がいつ何のために作ったのかもわかんないジョーシキに従うこと」です。この中に、「みんな一律で週5日働くこと」も含まれる。逆にいえば、どこの誰がいつ何のために作ったのか理解でき、それに納得できるなら、わりと素直に採用すると思います。

「世間で当たり前だから」ではなく、「自分の実感」というフィルターを働かせて選びとったものって、実はすごく少ない。それをひとつずつ、自分の世界に増やしていくこと。

おごりでも謙遜でもなく、ただ、「私はそれは違うと思うので」と言って、当たり前とされている生き方や考え方を拒否すること。

でも、これをみんながいきなりはじめられるかというと、そういうわけでもない。

ほとんどの人は、「親がこう言ったから」とか、「世間ではこれが普通だから」というような、どっかの誰かが色や度数を設定したメガネを何重にもかけさせられている状態だと思います。生きていると、余計なメガネがたくさんたくさんくっついてくる。それを振り落とすところからはじめないといけないこともある。

考えてみれば、私が隠居生活をする前に、自分が当たり前としてインストールしていた考え方は、自分が実際経験してみて、「やりたい／やりたくない」「快／不快」「楽しい／つまらん」などのセンサーを働かせて実感したうえで決めたことなんて、ほとんどなかった。

だから、まずは「自分を生きる」ための、「スタート地点」に立つことから、はじめます。

自分を生きても大丈夫と上書きする

「自分を生きること」をはじめるときに、残念ながらマイナス地点からスタートしなければいけない、という人も意外と多いんじゃないでしょうか。とくに子どものころに、何らかのトラウマや、トラウマとはいかないまでも、強い不安を育ててしまった人の場合は。

私の場合は、「自分を生きていると殴られるかもしれない」という身体的な痛みを伴う不安が強いようでした。

「自分を生きること」に対して、心の中で強力なブレーキがかかってしまう場合は、その原因となっている**「不安」を取り除くのが先決です**。

不安な状態というのは、ネガティブな思い込みから、そのように世界を見るくせがついてしまった状態だと思います。

私は20代で隠居生活を通して「自分を生きる」ことを本格的に実践しはじめましたが、それは同時に、「自分の好きなように生きても殴られない」のだという、記憶の上書きをしていく作業でもありました。

自分が、物事の道理もわからない子どものころに内在化してしまった「自分を生きると大変なことになるに違いない」という呪いのような思い込みを見つけ出し、小さなことから一つずつ、「あ、これは大丈夫」「あれも大丈夫かも」と、地道に塗り替えていったんです。そうして、だんだん自分のなかにある認知のゆがみのようなものを、矯正していきました。

現在はというと、「やっぱり殴られなかった」という体験を積み重ねていくことで、「自分の好きなように生きていたら大変なことになる」という思い込みが、完全にはなくならないまでも、かなりのところまで弱まっています。

もしかして子どものころだけじゃなくて、大人になってからのパワハラとかも同じ原理かもしれませんが、日々絶え間なく殴られるというのは、なんていうか、終わりの見えない嵐のなかで、「自分をやっていく気力」を溜めている容器が破壊されてしまい、せっかく溜めておいた気力が、そこからものすごい勢いでこぼれ落ちていくような感じ。

そして、嵐のなかで容器を修繕しても、また破壊されるというのがしばらく続くと、もう修繕するのもやめてしまう。

すると、嵐が過ぎ去ったあとも、直したってまた壊されるんだろうな〜と思い込んでいるし、そもそもそんな気力も残ってないから、「自分をやっていく気力」は垂れ流し状態。

こうして自分を生きることがどんどん後回しになってしまう。本当に時間がもったいない……。

たとえば、「貧乏だから幸せになれない」「ブスだからモテない」「自分はダメ人間だから就職してもうまくいかない」みたいなことって、誰もが一度は思ったことがありますよね。でも、生まれたときには自分が自分であることに不安はないはずだとすると、それをいちばん最初にあなたに言ってきたのって、家族とか、学校の人とかじゃないですか？

ネガティブな思い込みを見つけたら、１回だけやめてみるとか、はじめはそんな小さなことでいいんです。今日がダメでも、また明日やってみればいい。そんな気分になったときにやればいい。やってみて、どんな気分か実験してみよう、そんな軽い気持ちで。期待を低くして。

ポイントは、まずは嵐が過ぎ去るのを待つこと。

嵐のなかで「自分を生きる」をはじめようとしても、結局ぶっとばされてしまって、心が折れちゃいますからね。もし運よく嵐が一時的にやんだら、可能な場合はできるだけ安全な場所へ逃げましょう。

そして、一気に直そうとしないことも大事です。

一気に直そうとすると、おそらく、そのネガティブな思い込みを守りたくなるような衝動に駆られると思います。それはそれでいいんです。たとえネガティブな思い込みでも、長い間、一緒にいたんですからね。手放すのが不安になるのは自然な感情だと思う。

ネガティブでもなんでも、「誰かに強制的に捨てさせられた」ような形になっては意味がありません。「自分で納得して、手放したんだ」と思えることが大切です。

「あれ？　最近誰も殴ってこないな」と上書きできたとき、ちょっとだけ息がしやすくなってる。そう思えたらしめたもの。ずいぶん遅くなってしまったけど、ここから少しずつ、「自分を生きること」をはじめてみよう。

あきらめさせる圧力はなくならない

先にネタバレしちゃいますが、「自分を生きることをあきらめさせようとする圧力」

は、残念ながら大人になってもなくなりません。

子どものころは「親」や「クラスメイト」が、もう少し成長すると「学校の先生」や「怖〜い先輩」が、そして大人になると「会社」や「社会」が、この役割を引き継ぎます。いくつになっても、結局、そういう嵐のような圧力は生じている。

でも、記憶の上書きができていれば、ほんの少しずつではありますが、動じなくなっていくので、大丈夫です。

不安なあの人の気持ち

それにしても疑問なのは、なぜ彼らがそんな役割を演じなければいけなかったのか、ということです。親や、学校の先生や、怖〜い先輩、社会や会社を構成している人たちだって、人間です。

誰かが自由に自分を生きることを、はじめから好き好んで邪魔したい人なんているでしょうか。そんなわけないと、私は信じたい。

この疑問にぶちあたるとき、いつも思い出すことがあります。

中学生のころ、先輩に目をつけられて、そりゃあもう殴られまくったのは前述のとおりですが、ところでなんであの人たちは、いっつも集団で行動してるんだろう。私はひとりでいるほうが気楽だったので、「めんどくさくね?」と不思議で仕方なかったのです。

どういう経緯だったか忘れましたが、ある日、先輩のヤンキーと二人きりになってしまったことがありました。寒い季節でした。低い山の上にある、公園のような場所だったのを覚えています。私は人のいない展望台に連れて行かれました。ああ、殴られるやつだなこれ、と覚悟したのは言うまでもありません。

頂上まで登ったとき、先輩は温かい缶コーヒーと、たばこを一本くれました。そして風をよけるため、私の肩に手をまわし、ライターを手のひらで包んでたばこに火をつけてくれた。わりとイケメンの先輩だったので、体を密着させられて、このまま壁ドンみたいなことになったらどうしよう、と私の内なる腐女子（中2のブス）が発動し、内心ドキドキしていました。と、同時に私は混乱していたんです。

　なんで、殴られないんだろう。

　不思議に思って先輩の顔を横目で盗み見ると、なんというか、集団で行動しているときは目を三角にしていつも怖そうな顔をしているのに、うつけたような、ほっとしたような表情。私は見てはいけないものを見たような気がして、眼下に広がる街のほうに視線をやって、どうしていいものかわからないまま、ひたすらたばこをスパスパ吸って、時間をやりすごしました。

　で、後日その先輩に再会すると、やっぱり集団のなかにいて、やっぱりみんな同じ顔をしていて、やっぱり殴られるんです。

　一体なんだったんだ、あれは……。

　大人になった今、もしかして彼らも、そうしなければ生きていけないという不安にとりつかれていたのかもしれない、と思う。属している共同体からはじかれてしまわないよう、必死に怖そうにふるまい、求められたポジションを完璧に演じ、自分は仲間であると絶え間なくアピールし続けなければいけない、と。

出る杭は打たれる、というイヤ〜な言葉がありますが、「こうしなければ生きていけない」という不安にとりつかれている人にとって、「出る杭」＝「自分と同じように世界を見ていない人」は脅威のように映るのかもしれません。まるで、ただそれだけで自分の信じている世界を脅かされたように。

私も、そして彼らもまた、不安からくる条件反射が身についたパブロフの犬だったんでしょう。

「今、殴りたいんですか？」とか聞いても、きっと本人たちにもわからないと思う。パブロフの犬に、自分が本当はどうしたいのか、冷静に判断する能力なんてないからです。

変えられるのは自分だけ

で、つらいけど仕方がないのは、自分が変えられるのは自分だけ、というところ。

自分を生きることをあきらめさせようとする力の中で、自分が内在化してしまったものはどうにかなるけど、外からくるものはどーにもならん。

親や、きょうだいや、先輩や、学校の先生が、不安に突き動かされて「自分を生きること」をあきらめているかどうか、「パブロフの犬」化しているかどうかは、ただの一介の子どもには、どうしようもないんです。

だから、何が言いたいかというと、私の不安はやっぱり私のせいじゃないし、彼らの不安もまた、彼らのせいではないんじゃないか、と思う。

自分の世界をぐんぐん小さくして

前述のとおり、私は都心での生活がつらすぎて厭世的になり、もう社会と関わりたくなくて、25歳で東京郊外の小さな激安アパートに引っ越しました。あれは結局何だったのかというと、それまで手に入れてきたモノを一度全部捨てる、という作業だったように思います。

形あるモノもそうだし、人間関係や、そうしないと生きていけないという思い込みなんかも含めた、有形無形のすべてです。

引っ越したことにより、居住スペースは必要最低限になり（そのかわり家賃も激減し）、携帯も解約したので人間関係はおおかた消滅し、それに合わせて消費もしなくなり、だから出費が減り、休みない細切れのアルバイトも、職場環境が悪くてストレスの多いものから辞めることができました。

捨てることができたのは、自分で選んだものだけでなく、勝手に背負わされていた常識のようなものも含まれます。たとえば、「東京で一人暮らしをしていくには毎月17万円は必要である」といったような。

ところが実際試してみたら、東京で私がなんとか一人で生きていくだけなら、本当はこんなに少しのモノと、月7万円だけでよい、という事実。

いやあ、東京近郊で生まれ育ったなら「そんなの知ってるよ」という感じかもしれませんが、事情に疎い田舎者には世界がひっくり返るぐらいの衝撃だったんですよ。

騙された！　と被害者ぶりたいところですが、そんな常識を信じていたのは自分の責任でもあります。なぜなら自分で確かめもしないうちに、それを当たり前として自分の中にインストールしてしまっていたんですから。

さて、結果として残ったのは、**生きていくのに必要最低限のモノとお金と、人間関係や世間の常識から解放された自分。**

最高じゃないですか!!

自分の世界を小さくすると聞くと、何やら不自由な印象があるかもしれません。でも、実際やってみるとわかるけど、自分の世界を小さくするっていうのは必ずしも、そのまま小さく固定し続けるということではないんですよね。

身の回りを最小限にした世界から、どの部分をどれだけ広げていきたいか、あるいは広げていきたくないか。自分でたっぷりじっくり考えて、じゃあそのためにはどんな追加の労働や外交努力が必要かを検分し、やる価値があると思えばやる、そうでなければやらなくても構わない。というようなことを全部、自分で決める自由があるってことだったんです！

カスタマイズがしやすくて助かる！（笑）

というのも、生活っていうのは有機的にいろんな要素が絡み合っているものだから、世界が広ければ広いほど、何かを変えようとするときにくっついてくるものが増える。

たとえば「郊外の激安アパートに引っ越す」にしても、家族の人数や、持ち物が多ければ物理的に大変だし、関わっている世界や、人付き合いが広ければ広いほど、報告やフォローや、各種手続きも膨大な量になってしまいます。

ところが必要最低限で生きてると、引っ越そうが仕事を辞めようが、各方面に影響が少ない。

だから自分の世界をカスタマイズするとき、まずはできるところまで世界を小さくしておくと、ものすごくラクだと思います。

なるべくニュートラルでいる

何かの本で読んだのですが、「私はこうだから人生がうまくいかない」というネガティブな思い込みがあるとき、その思い込みが実現するような事態に遭遇すると、脳内に快感物質が分泌されるのだそうです。

私の母の口ぐせは「貧乏」でした。「うちは貧乏だから○○ができない」とか、「うちは貧乏だから○○が買えない」とよく言っていた。そう言いながら、若干、イキイキしているのが不思議だったんです。「貧乏」という言葉の持つ暗いイメージと、母のイキイキした表情のギャップが。

あれは、きっとそういうことだったのでしょう。何にしても、自分の信じていることが補強されていくのって、気持ちいいんだと思う。

で、ネガティブなことだけにとどまらず、ポジティブな思い込みも、私は同じだと思っています。余計なお世話だと思うけれど、あの種のイキイキした感じは、ポジティブすぎる人たちにも感じてしまう。

キラキラした自己啓発ベストセラー本とかを読んで落ち込む（笑）、というのはたぶん多くの人が経験したことがあるんじゃないでしょうか。

たとえば、運のよさや、成功、幸せといったことは、生まれ育った環境や学歴、経済的事情には関係がない、すべては自分次第、という説。あれって、本当？

たぶん悪気はない、どころか励ましてるつもりなんでしょうが……。

いいえ私も、そう信じたい気持ちはわからんでもないし、実際、ある地点からは真実だとも思うんですけどね。

ただ、それをはじめられるスタート地点というのが、厳然とあると思う。

そして、この社会にはそのスタート地点にすら立てなかった人、そのチャンスをはじめから与えられなかった人が、私の目にはたくさんいるように見えるんです。

最終的にそこにたどり着くにしても、世の中は不平等、というところからはじめないと、ある種の人たちにとっては、救いがなさすぎるんじゃ……。

平等、自助努力、自己責任。そういうこともあるし、それだけじゃどうにもならないこともある。

ポジティブすぎて、それが見えなくなってしまうのなら、ネガティブすぎる人と何も変わらないと思う。

人生がうまくいくと信じることも、うまくいかないと信じることも、結局その思い込みが補強されていくときの快感に依存しているように見える。

ハイ、たぶん私がひねくれているだけです。

ただ私は、完全にはムリだとしても、できればニュートラルに自分を、他人を、この世界を観察していたいという欲求がある。そのためにはネガティブでもポジティブでも、傾きすぎると認識がゆがんでしまうような気がしてイヤなんです。だから物事に対して、いちいち反応しないことを心がけています。

個人的なこととしてとらえない

私が物事に対して、いちいち反応しないようにしている理由は、世界をニュートラルに観察していたいという欲求のほかに、なんといっても、そのほうがラクだからです。

もうこの歳になりますと、自分の人生で起こることを、すべて個人的なこと（＝自分に原因があること）としてとらえると、そのたびに一喜一憂しなきゃいけなくて、けっこうしんどい。悪いことのみならず、いいことでも、それに対して何かしらのレスポンスをすること自体に疲れちゃうんですよね。

起こったことを、個人的なこととしてとらえないとどうなるかというと、だんだんすべてのことが、自分のせいではなくなっていく。

だから私が下流家庭出身ということも、中学校で暴行を受けていたことも、私のせいじゃありません。若くして隠居生活を送ることができているのも、なんなら自分のせいではないと思っています。

たまたまそうなっただけ、というスタンスなので、そこにむりやり意味を見出し、ネガティブもしくはポジティブな思い込みを補強するのに物事を利用することは、私にとって、現状の拡大解釈。

だから、起こったことは、自分の努力とかじゃありません。ゆく川の流れのようにスルーして、舞い上がりもしなけりゃ、落ち込みもしない。

決して悟ってるとかじゃなくて、これが結局、いちばんラクなんです。むしろ、ある種の面倒くさがりだと思う。

ネガティブとかポジティブとか、あるいは今ふうに言うと陰キャとか陽キャとか自認して、自分の人生をむりやり色づけする体力がもう、ない。それがいいか悪いかとジャッジしたいわけではなくて、省エネがいちばん性に合ってると思う。

自己責任のバランス

「人生の舵は自分で握れ」と言いながら、いっぽうで「自分のせいじゃないし〜」とか言っている。いったいどっちなんだ、と思われるかもしれませんが、私のなかでは一応、順番があってそうなってるというか、整合性はとれているつもり。

こんなたとえはどうでしょう。

人生は大海原、そこに漕ぎ出す帆船を自分、港Aから港Bまでたどり着くのが、今回の人生の目的だとします。漕ぎ出さなければならない海も、与えられた帆船の機能や大きさや積荷も、出発地から目的地までの距離も場所も、船によってぜんぜん違います。そんな不公平な、と思うけど、実際そうなのだからしょうがない。与えられた船のよしあしを、自分のせいにするのはやめる。

さて、船であるからといって、みんながいっせいに同じタイミングで人生の大海原に漕ぎ出せるわけではありません。人によっては、まずは船自体が損傷していないか、点検&修理する必要があります。そもそも船が壊れていたら、その具合にもよりますが、どんなに穏やかな天気でも、どんなに舵取りがうまくても、次の港にたどり着く前にいつかは難破してしまう。

これが、「自分を生きても大丈夫と上書きする」で書いたこと。まずは呪いのような思い込み（＝故障）を修繕し、出発できるスタート地点に立てるようになりましょう、という話。

無事スタート地点に立つことができたら、今度は自分の手で帆を張り、舵をとります。ここが、「自分の責任を自分で負う」という部分。どんなにいい風が吹いていても、帆を張る努力も、舵を握ることもしないのでは、これまた港にたどり着くことは稀でしょう。

そこまでできたとしてもまだ、無事にたどり着けるかどうかはわからない。波や天気は、自分でコントロールできるものではないからです。これが、「人生で起こるすべてのことは、自分のせいじゃない」とあきらめている部分。

天気がよくて追い風がふいていたらその幸運をただ感謝して受け取る。ラッキー、と調子にのって舵を手放さない。そんなときこそ、目の前に暗礁とかが隠れてないか、注意深く見ていなければ危険です。

いっぽう、荒波や向かい風でうまく進まなかったとしても、私のせいじゃありません。だから順調に進んでいる他の船を妬んだり、八つ当たりするのも意味がないと思います。

隣を走る船の食糧が尽きたりして、自分の船にまだじゅうぶん在庫があるのなら、分け与えたりもしてみたい。いつかそれぞれの港に向かうために、航路を分かつときがきたら、寂しく思っても引き止めずに、エールを贈り、よい航海を祈りたい。

そして、たとえどんなに自分の船が幸運に恵まれていて、航海がうまくいっていたとしても、まだスタートする準備もできていない船に向かって、**良かれと思って「なんで早く出発しないの？」とか言わず、想像力をもって接していたい。**

航海は、その道中がいちばんおもしろい。目的の港まで、ゆっくり寄り道しながら進むもよし、コスパ重視の最短ルートで目指すもよし。スラローム運行しまくって技を無駄に磨くのもよし（笑）。どういうふうに進んでいくかっていうところに、人それぞれのオリジナリティってもんが出るんですよね。私はそれを見ているのが楽しいので、それぞれの道中がオリジナルであればあるほど、多様であればあるほど嬉しいんです。

「人生に対する責任を負うこと」と、「私のせいではない」は、私の中でこんなふうに両立しています。

だんだん自分がなくなっていく

さて、人生で起こるすべてのできごとは自分に起因するという因果応報を、「ふーん」で済ませていると、なんだか、起こることがベストとか最悪とか、そんなもんはなくなっていく。ジャッジするのもめんどくさいし。勝手にやって。

すると、「どうしてもこうなってほしい！」というような欲や執着も、とれていくように思います。

ついでに自分もなくなっていく。というか、自分が何者であるかもどうでもよくなっていくんです。

この本の前半では、あんなに自分が大事と言ってたのに、自分でもびっくりなんですが。私だって正直、「自分」をやりまくったあとにそんなことになるとは思っていなかった。

自分をなくすためには、自分が何者なのか、どうやって生きていきたいのか、とこととんこだわる時期が必要だったのかもしれません。

考えてみればみんな、生まれたときには誰でもない存在だったわけで。そこから名前なり言葉なりを獲得して、だんだん「これが自分」というようなものを作り上げていきますよね。歳をとるということは、知らないうちに身につけてきたたくさんの「自分」をもう一度手放し、誰でもない存在に戻っていく過程のことかもしれない。

どうせ元々の誰でもない状態に戻るんだから、「自分」を増やしたり、大きくしたりすると、あとあとめんどくさそう。だから「自分」もせっせと断捨離（笑）。功成り名を遂げんでもよし！

そう思ってしまうと、あとに残るのは、なぎの海のように、波風のたたない静かな毎日。

というか、海だから実際はちょっと波が荒れたりすることもあるんだけど、べつに運がいいとも悪いとも判断しないし、すべては私のせいじゃないので、心がシーンとしている。それを調和と呼んでいいのかわかりませんが、何も起こらない世界って、こんなに、ひま〜……。

もう欲もないので、どうしてもほしいものも、行きたいところも、会いたい人も、なりたい自分もいない。

そんな人生はむなしい、何の意味もない、と思われるでしょうか。

「ない」がある

そんなひますぎる最高な隠居生活を続けること約5年。私は、そんなふうに早々に出世街道からドロップアウトし、世間に対するプレゼンスを自らすすんで下げまくっていました。まだまだ20代、これから世に出ていくぞ！　という気が失せてしまい、自分の人生をウキウキ閉じていく気まんまんだったのです。

おかげで、地位や肩書、財産、名誉、他人からのいいね！　など、人が生きていくうえで獲得しうるわかりやすい「自分」というラベルがほぼない状態に落ち着きました。

だって「自分」を強く、大きくするものって、「自分」を死にたくなくさせるものですよね。そういうもんが何もない。これはこれでいい感じ。よし、終活終わり、あとは死ぬだけ！　とか思ってました。

ところが、それでは話が終わらなかったんです。

みんなどうせいつかは死んでしまうのなら、何のために生きるのか。ひますぎて、そんな考えなくてもいいようなことをよく考えた。

死んだあとに何もない状態に戻るのなら、どう生きたって、もっと言えば生まれなくたって同じことじゃん。

と、思うのは簡単なのですが、果たして本当にそうでしょうか。

ここで、「何もない」ということをむなしいと決めつけず、ちょっと別の視点から見てみたいのです。

日本語で「何もない」というと、否定形のネガティブな表現に聞こえますが、英語にしてみるとおもしろいことが起こります。

“There is nothing.”

直訳すると、「〈何もない〉がある」。これ、肯定系なんですよね。何もないのに……。

同じく、

“I have no money.”

（私は「〈お金がない〉を持っている」）とかも。「have」って言ってるけど、要するにお金ないんでしょ⁉　どんだけポジティブ‼

でも、こうしてみると、「ない」の中には「ある」が含まれている、という感じがしてきませんか？

同じ「何もない」という状態に戻るのでも、人が生きて、死ぬまでには「いろいろある」んです。ひとりの人間が、何十年もいろいろあって、そうしてやっと「何もない」状態へと戻っていく。そうすると、はじめの「無」と、いろいろあったあとの「無」は、同じことになるんでしょうか。

私は、やがて死んで無に帰していくことをむなしいとあんまり思わない。なぜなら、そうした「無」が内包する「いろいろ」が、豊かなことに思えるからです。

いつかみんな死んでしまうけど、死ぬまでの「いろいろ」は、百人いたら百通り。それを私たちは地球規模でやってるわけです。

やがてたどり着く「無」が含む、地球の全人口77億人分の、いや今までちょっとでも地球上に存在したことがある人間の数だけ「いろいろ」があると想像してみるとき、そこですべては終了すると思っていた「死」には、まだまだ先があって、それは永遠に、無限に続いていくような気がする。

もし死んで、そこですべてがなかったことになるのなら、松尾芭蕉が「夏草や兵どもが夢の跡」と詠むこともなかったと思うのです。

夏草の茂る草原でなくてもいい、街を、また海を見て、そこにどんな人間のどんな「いろいろ」があって、現在につながっているのか、想像してみるのは意味のないことでしょうか。

「死」は「終わり」ではない。というか、そう思うだけなら個人の勝手ですよね。生きるという営みが、自分が感知できる程度をはるかに超えたものなのかもしれない、と思うとき、私はちょっとワクワクする。どうせ死ぬのだからと捨て鉢にならずに、だったら自分ならどんなふうに生きてみようかと、生きることに対する姿勢に変化が生まれてくる。

死んでも終わらないとしたら、私はどんなふうに私の「いろいろ」を生きてみたいだろうか。

そんな折、友人知人から「ひまならバイトしない？」とか言われて、なにしろそのころにはすっかり「自分」がなくなってたもんだから（笑）、素直にやってみることにしたんです。

自分の世界をカスタマイズする

□「アイデンティティ」のトリセツ

「自分を生きる」をはじめるスタート地点に立てたとき、経験上、覚えておいて損はないな、と思うことがいくつかあります。

まず、「アイデンティティ」の罠について。

人が「自分を生きる」とき、「これが自分である」という状態に名前がつくことがあります。私でいうと「隠居」のような、人に説明するときに便利な肩書の役割をするものです。これを「アイデンティティ」と呼ぶことにします。

この「アイデンティティ」があると、めっちゃ便利です。

まず自分を説明・紹介するときに話が早い。私も「週休5日&年収１００万円以下」の生活をはじめたとき、「何をしてる人なのか」と尋ねられても、そういう生活をひとことで説明できなくてもどかしい時期がありました。

あるとき、既存の言葉のなかでいちばん私の現状に近そうなもの、ということで「隠居」と言ってみたんです。そしたら、「20代で隠居なんて聞いたことないけど、とりあえず名前のついた何かではあるらしい」という納得感が、なんとな～くあたり一面に漂いました。しめしめと思った私は、以来、その肩書を適宜利用しています。

でも、うすうす気づいてはいたんですが、肩書って誰かを理解するためにあるものではないんですね。

人は私を理解したいわけではなくて、なんだかよくわからないものに「ラベル」を貼って、この素性のよくわからん人間をひとまず「片づいた」という箱に、てっとりばやく仕分けしたい。

「何をしてる人ですか」と聞かれるからには、私に興味を持ってくれてるのかとはじめは思っていたんですが、それ以上つっこまれないということは、そういうわけでもないみたいです。おおかた、よくわからないものを、よくわからないままにしておくのが気持ち悪かった、くらいのことなんじゃないかなあ。あるいは関わりたくないと思われたか（笑）。

だから、名前がついたからといって、理解されているとはゆめゆめ期待しないこと。

そこをわかったうえで「アイデンティティ」を利用するなら、こんなに便利なものはないと思う。

人によっては、「アイデンティティ」を背負うことが、「何者かになりたい」という欲求をてっとりばやく叶えてくれる気がする、という事情もあるかもしれません。とくにそれがブームになっていたり、たくさんの人が憧れるポジションであった場合には。まれに、自分の考え方や生活スタイルが、そうした世の中のブームに合致してしまうことはあります。

私のような低消費・少労働の省エネライフは、「持たない」ことが流行のようになっている時期は、たまにうらやましがられることもある。気を抜くと、「代弁者」や「社会に対するカウンター」といった役割を背負わされそうになるかもしれません。そこにうっかり乗っかって、「すごい私」みたいな感じになってくると、なんかちょっとヤバイ。一方では「ぜんぜんうらやましくない」「生きてて何が楽しいのか」といった声もありますが……。

そこで一番ラクな対応は何かというと「スルー」です。

私は人のために隠居生活をしてるんじゃなくて、自分が好きでやってるだけです。まず自分、何よりも自分、です。

形から入って自分の生き方を見つけていく道筋もあるとは思いますが、私は流行っても廃っても、好きな生き方をただ淡々と続け、その結果、気がついたら「隠居」ということになっていた、という流れが、ムリなく自然でいいなと思っています。

他人がどう生きるかということに対して、私が良し悪しを決めるのは、その人が自分を生きる権利を奪ってしまうことになるような気がするので、非常に慎重にしています。

それはまるで私の畑に他人がずかずか入ってきて、勝手にその人のやり方で耕していくようなもんで、そんなことされたら私は絶対にイヤですからね（そのほうがラクでいいや、という人もいるのかもしれませんが……）。

それから、自分や他人や、それを取り巻く環境は、間断なく変わり続けるものだということも、覚えておいたほうがいいと思う。

自分の理想というのは変化していくし、いちど設定した夢や目標も、自分と一緒に変化・成長したりして、いつまでも同じということはありません。そしてそれは、しごく健康的なことです。

「アイデンティティ」は終身雇用制じゃありません。いつだって宗旨替えできるものです。

長いあいだ続けてきたこと（考え方や生活様式など）を変えるのは、それが長ければ長いほど、大きな勇気が要るようになる。自分はこれでやってきたという自信もついているし、執着もある。自分の考え方や生活様式を対外的に発信してきた場合はとくにそうだと思います。

「自分を生きる」ということは、そこに自分を永遠に固定することではなくて、自分の流動性や、変わっていくことを、勇気をもって受け入れることでもあります。

長く積み上げてきたものを捨ててしまうのは惜しい、もったいないという気持ちは誰にでもある。でも、古い自分が設定した「アイデンティティ」に合わせるのがしんどくなってきたなら、定期的にアップデートしていくことは、とてもポジティブな選択だと思います。

では私はどうかというと、「隠居」と名乗りはじめたものの、人から「隠居」と呼ばれると即座に反発心が生まれ、「こんなもんいつか捨ててやる！」と思っていました（笑）。右と言われれば右以外に、上と言われれば上じゃないどこかに行きたいのです（ある意味、自分というものがないのかもしれない……）。そういう人は、「アイデンティティ」の罠に陥ることは少ないかもしれません。ただ、「前に言ってたことと違うじゃん」と、周囲を困惑させるだけです。

でも、周囲なんて困惑させとけばいいじゃないですか。

人から見たら矛盾しているかもしれないけど、「あれがこうなって、こういう流れで現在に至るのだな」という一本線が、自分のなかでしっかりとつながっていることのほうが、うんと大切なんですから。

実用編

規範意識との付き合い方

不安な世界にさよならを告げて、自分を生きようとするとき、そのうちに内外から必ず聞こえてくる声に気がつくと思います。それは、「自分の幸せだけ追求していていいのか」や、「狭い世界で生きているだけでいいのか」といった、規範意識です。

私は基本的にひねくれていて疑り深いので、「規範意識」なんていう正しそうな言葉を聞くとまず胡散臭く思い、真っ先に警戒してしまいます。が、せっかくなのでちょっと付き合ってみることにします。

ウィキペディアによると、「規範意識とは、道徳、倫理、法律等の社会のルールを守ろうとする意識のこと。遵法精神ともいう。」とのこと。であれば、やるべきことは2つです。

まずひとつめ。その規範のもとになっている「社会のルール」を検証すること。

「社会のルール」というのは、作られたそのときの社会に照準を合わせて作られています。そのときの社会の人々が従うことで、みんなが生きやすくなったり、トラブルになるのを防いでくれたりする。公共の利益みたいな役割がありますよね。

ところが社会というのは絶え間なく変わっていくので、新しいニーズが出てきたりすると、ルールのほうが古くなってしまうことがあります。

古くなってしまったものに無理やり合わせ続けるから、逆にいまのみんなが生きにくくなっている……。そういう経験って、誰にもあるんじゃないでしょうか。

この場合は、現状優先。周りが変わらなすぎてずっとやるのがしんどい場合は、できるときだけ現状優先する、してよい、とお守りのように思っているだけでも、だいぶ心のストレスを減らすことができると思います。

ふたつめは、内なる声、他人からの声を問わず、**それを語っている人（内なる声の場合は自分）を観察すること**。

他人から向けられる規範意識は、実際に耳に聞こえるので気がつきやすいですよね。問題は、どう考えてもその人の言ってることに従いたくない、という場合です。というか、私はそういうのって従いたくない場合がほとんどです。で、だいたいは、その感覚は正しいと思っています。でも、なんでほとんどの場合従いたくないんだろう。ここで相手を観察するのが役に立ちます。

まず、相手から少しでも「こいつを思い通りに変えてやろう」というような圧を感知した瞬間、私はある強烈な違和感を感じます。その違和感の内容を翻訳すると、「あ、これは規範意識ではない、規範意識の仮面をかぶった別の何かだ」みたいな感じ。

さらによく見るとその人自身が、どう見ても幸せそうに、毎日を楽しくいきいきと満足して生きているように見えない場合などは、「こんな人に従うのはアホらしいわ」と無視します。

ではいつも反発しているかというとそうでもなくて、利害がからんでいなくて、自分が尊敬できる人の言うことなら、わりと素直に聞き入れます。

私は15歳のころ、高校には行かずに働こうか、と迷っていました。ここで、周りの大人が「高校に行くか行かないか」について言ったことに対する、私の反応を振り返ってみます。

学校の先生「勉強したくないなら高校なんて行かなくていい」→私「…なんかドヤ感というか、カッコつけてる感じがするから従いたくない。高校行こう」

親「高校には行け」→私「……なんか世間体のために言ってる感じがするから従いた

くない。だったら高校行かなくていいや」
友人の母親「高校には行ったほうがいい」→私「……じゃあ行ってみようかな」

どうですか、このブレ加減！（笑）

実はこの友人宅には一時期、登校拒否の生徒や、家に帰れない事情のある子どもたちが集まって、避難場所のようになっていました。私が中学校で暴行を受け、学校が動いてくれない状況を察知して、いち早く受け入れてくれたのもこの家庭です。

ここんちの母親というのは、不登校児たちにもいつも明るくほがらかに接してくれた人で（要するに不登校かどうかで態度が変わらないことに敬意を覚えたのだと思う）、私が高校に行っても行かなくても、何の利害も損得も発生しないんですよね。

だから彼女の言うことは、不純物を感じなくて、額面通りに「ああ、そうなんだろうな」と受け取ることができた。

これで私は高校に行くことにしたんでした。

言葉面に対する反応としてはブレブレですが、自分の感じた違和感には正直である、とは言えると思います。だから端から見たら、そのときによって私の反応が違い、わけのわからないクソガキだということになってしまっていたでしょう。でも、人は、言葉面だけではなく、その言葉に込められた「思い」のほうも同時にキャッチする。とすれば、「規範意識」を問いかけられたときの違和感にはちゃんと意味がある、と思うんです。言ってることと肚の中がちぐはぐな人の言うことに違和感を覚える、これはごく自然な能力だと思う。ここを踏ん張って、自分の感覚を信じてあげられるかどうか。

他人の声よりもわかりにくいのは、自分の内なる声です。でも、これもよ〜く観察してみると、内在化した他の誰かの声だったりするんですよね。自分は長いあいだ、他人からの否定や厳しい言葉・評価にさらされ続けてきたのではないか、と振り返ってみるとよいと思う。気づかないうちに、親のルールを自分のルールにしてしまっていないか。学校のルールを自分のルールにしてしまっていないか。たぶん、思い当たる節が出てくるんじゃないでしょうか。

そして、対処法としては同じです。

そいつの言うことに違和感を感じたら、心のなかでそっと拒否すること。たまにびびって従っちゃって、失敗したっていいんです。それを繰り返しながら、拒否してもどうってことないんだという経験を積み重ねていくことは、少しずつ確実に、自信を取り戻すきっかけになっていきます。

結局、「自分の幸せだけ追求していていいのか」「こんな狭い世界で生きてるだけでいいのか」とか迷ったら、自分の声を優先するのがいちばん、ということになるんだけど、それって言うほど簡単ではない。そのために大切なのは、私が尊敬できる人の言葉なら素直に聞けたように、まず自分が自分にとって尊敬できる人間でいること、なんですよね。

だからいつも違和感にアンテナを張っておくこと。誰かが「規範」のふりして自分をコントロールしようとしていると感じたなら、それを拒否すること。

そして自分の選択が、人をものすごく傷つけたりするものでない限り、それを信じて大切に重ねていってほしいと思います。

そこまで行かなくても、他人を心配させてしまうなら、そのうちに思いやりという技術をもって、自分の選択をすることと、他人を余計に心配させないことを両立できるようになるので大丈夫ですよ。

□お金が不安じゃなくなっていった話

お金についての不安を減らすというと、まずはじめに思いつくのは「なるべく使わなければよいのでは？」とかですよね。節約が楽しい人は、それでいいと思うんです。でも私は以前、なるべく使わないようにしていたんですけど、かなりつらかった。

というのも、お金を使わないで済んだという安心感ってしょせん一時的なもので、その後も「1円でも損しないように」とか思いながらずっと生きるのって、これなかなかしんどいんですよ。

で、「なんかもうお金にまつわる全部がイヤ……」となって、郊外の激安アパートに逃走。

精神的にも経済的にも落ち着いたとき、あのギスギスした気持ちがどこから来ているのか、元をたどってみたんです。

当時の私は、23区内の高い生活費を払うために無理して毎日休みなしで働いていたんですが、どうもそのあたりから発生していたようでした。つまり、「欲しくもないもののために、やりたくない仕事をやって稼いでる」という不満が、「あんなにやりたくない仕事をして稼いだお金なんだから、1円でも損したくない」になっていた。

ということは、お金にまつわる不安って、使うときじゃなくて、稼ぐときから始まってるんじゃないか？

じゃあ、お金の稼ぎ方をなんとかしないと、使うときまでずっとネガティブな気持ちがついてまわるということに……。

激安アパート（←２８，０００円）で暮らしはじめて、あまりお金がかからなくなったので、家賃も含めて自分が生きていくのにいくら必要なのか、１か月間試してみたことがあります。ふだんは7万円程度とわかってはいたんですが、月一度の楽しみである日帰り温泉旅行や、たまの外食も削ってみたら、結果はたったの約6万円。

内訳をざっと書き出すと、家賃が２８，０００円、共益費が１，５００円、水道・光熱・通信費１５，０００円、食費１万円、その他（交通費、雑費）５千円。

それがわかったときの衝撃よ。お金って、たったこれだけあればよかったんだ！　そしたら、自分に必要な労働量も、逆算してだいたいわかります。

こうして順調に仕事も減らし、週休5日という生活に。自分に必要なお金の量がわかっていて、それが手元にあれば、もう無理して働いたり、１円でも切り詰めたりしなくていいんだな、と不安が減っていった。

するとお金を稼ぐということが、「嫌だけど仕方のないこと」から「愛する隠居生活のために必要なこと」へと転換し、建設的な意味を持ちはじめました。

何がいいって、働いてるときの気分がずいぶん違うんですよ。

「ああイヤだ……」と思いながら働く時間が一秒でも減って、かわりに「これだけ働いたらあとは隠居できる……」というわくわくする気持ちが増えれば、精神衛生的にもすごくいいですよね。

お金を使うときにも、気持ちの変化が出てきました。

それまでは、スーパーで買い物するときには自分が1円でも損しなければ他人のことなどどうでもよい、家賃を振り込むときなどは毎回、払いたくない払いたくないと思いながら煩悶の表情で送金していたものでした。

ところが隠居して**「必要な分はある」と知ってからは、お金が出ていくのをずいぶん余裕をもって送り出せるんです**。なんなら「いってらっしゃ〜い」くらいのことを思える。

スーパーでも、「一番安い米ならなんでもよい」と思っていたのが、「せっかくお金を使うなら、私が得するだけだともったいない。私を含めたみんなが嬉しいお金の使い方って何だろう」と考えるようになった。

その結果、たとえば「持続可能なシステムで作られた、地球にも生産者にもやさしい無農薬の玄米のほうにお金を使いたい、そしてそういうビジョンのあるお店を応援したい」というふうに、お金が自分の手を離れたあとのことまで考えて、使えるようになっていったんです。

買物は投票であるとよく言いますが、どんな商品や企業を応援したいか、社会に対する意見表明という形で、自分以外のためにもお金を使える自由があるというのは、なんというか、すごく豊かなことだと思います。そして、いい気分でできることのほうが、圧倒的に長続きするし、自分がラクですからね。

お金の豊かさって、額面だけのことじゃなくて、どういう気持ちでそれを使うかで決まるんだなあ、というのが私のお金にまつわるレッスンでした。


使うだけでなく、稼ぐ、貯める、運用する、もらう、あげる……。

お金にまつわるすべての行動のなかで、不安などのネガティブな感情が沸き起こるとき、それがどこからはじまったのか検証し、ひとつずつ減らしていきましょう。

□家族についてのジャッジを放棄

誰しも、自分の家族しか家族というものを知らないので、それがフツーと思い込みがちですよね。でも自分の世界を作り上げるためには、家族について、「どんな家族もそれぞれのいびつさを生きている」というところからはじめるのがよいと思う。

うちのいびつさの話をしてみます。

母は、私が子どものころ、とにかくいつも怒っていました。その理由は、私が起きるのが遅い、忘れ物をする、のはまだわかるとして、ごはんを食べるのが遅い、視力が悪い、親戚と遊んだ、笑った、しゃべった、等々。

他にも、コンビニで「ナプキン」なるものを買ってこいと言われたのですが、子どもにそんなものはわからないので店員さんに聞いて買ってきたら、「これは夜用だろうが！」とキレられたこともありました（笑）。

日常会話の途中でも急にキレはじめるので、もう何が何だかわからない。

何でも怒られるネタになるもんだから、しまいには「あのね、怒らないで聞いてね」といった瞬間、「そんなこと言われたら怒れてくるわ！」と爆発。まだ何も言ってないのに！

あのー、私は生きていてはいけないのですか……？

いまならわかるのですが、私の母はアルコール依存症だと思います。怒っているときは酔っている。怒っていないときは酔っていない。どうもそういうことらしい。そんなのフツーわかるだろ、と思いますよね。ところがかなり大きくなるまで、私はこれをおかしいと思わなかったんです。

うちの母ってヘンなのかも、と気がつきはじめたのは、友達が家に遊びに来たときでした。

「お前のお母さん、酔っぱらってるね」と言われて、はじめて「えっ、お母さんってどこでもこういうもんじゃないの⁉」と衝撃の事実が明らかになったのです。つねに酔っているので、酔っていない状態というのを、ほとんど見たことがなかったんですね。

自分の家族のいびつさに気がついたとき、「これってがまんしなくていいことだったんだ……」と開眼。

それからちまちまお金をためて、21歳で海外で一人暮らしをしてみたら、家の中に酔っぱらいがいなくて、からまれることがないというのはこんなに快適なことだったたのか！　と思い知ったわけなのでした。

一人暮らしをしていると、実家というのをよそ者の視点で眺めることができます。久々に帰省したときなんかおもしろいですよ。キッチン棚の扉を開けたら、飲み物のグラスが、ビールグラスとウイスキーグラスとおちょこしかなくて、膝から崩れ落ちましたもん（笑）。私って、こんな環境を大人になるまでフツーだと思っていたんだな、と。

今では、母親が酔っている／酔っていない、の判別ができるようになったし、対処法もわかってきました。

一人で飲んでるときは静かなので、どうやらかまってくれる人がいるからキレるようです。だから酔っているときはできるだけ近寄らない。からまれても無視するのがベスト（どうせ翌朝忘れてるから相手にするだけ無駄なのです）。

そして、用事があるときは朝の早い時間など、酔っていないときに話しかける。酔ってさえいなければ、フツーのおばちゃんだということもわかりました。

いやー、ここまでくるのに時間がかかった！

と、まあこのように、とにかくやることなすこと怒号が飛んでくる家で育ったので、今でも怒っている人を見ると（他人が怒られているのを見るだけでも）、ビクビクして動悸がするようになってしまいましたが。

他の家の、酔っぱらってない母親の話を聞くにつけ、いまだに腹は立ちますが、まあ好きに飲んで好きに死ねばいいんじゃない、と思うようにしたらけっこうラクになりました。

家族って、いろんな時期があるものだから、何十年か会わないことがあってもいいと思うのです。自分の家族がどうなのかを、今すぐ判断しなくてもいいじゃないですか。家族は一番近くにいる他人なんですから、たまたま血がつながってるだけで、愛さなければいけないなんてしんどいですよね。愛せなかったら、愛せなかったなりの何十年という家族になるだけです。

世間の普通とは違うかもしれないけれど、私たちはそういうふうに家族をやってきたのだな、と最後に思えればいいのだと思う。

家族について、ポジティブな要素を増やすとしたら、他人はどうあれ、**まずは自分が**

自立して楽しく生きることです。完全に自立する場合が難しい場合は、「これは自分でできる」という分量を、家庭内で徐々に増やしていくやり方がよいと思う。

子どもが自分で決断して、自分で生きていく力をつけ、結果的に警察の世話にもならず、人生を充実させようとすることを喜ばない親がいるとしたら、いったい何なのでしょう。心の底から憎まれているのでなければ、きっといつかこれでよかったと思ってもらえると思う。

まずはそれぞれが、自分のことを十分に生きましょう。そして余裕があれば、親自身が今からでも、自分の人生を自分のために生きてくれることを願うだけです。

□対人関係、私の場合

オーストリアの精神科医&心理学者・アドラーが、「すべての悩みは対人関係の悩みである」と言ったそうですが、それが真実であるならば、あまり人と会わずに隠居している私には、悩みもあまりないということになります。

実際はどうかというと、たしかに一人でいる時間は、ほとんど悩みから解放されてるように思う。

でもやっぱり、隠居する前は対人関係の悩み、ありましたよ。いま振り返ると、対人関係で悩みが発生するときって、悩みとその周辺を注意深く観察してみると、いつも何かしらの情報が隠されていました。

まずは、「**毎回うまくいかない黄金のパターン**」がないか、探ってみるとおもしろいです。なぜかいつもトラブルになる人、場所、ジャンル、状況……。そういったものを過去の経験から洗い出し、共通点を見つけます。

私は昔から、集団やコミュニティのなかにいると、だいたいそのグループ内の「ちょっと上」の人からものすごく嫌われるんです。で、そういう人って、もう会った瞬間にイヤな予感がするのでわかるようになりました。

「ちょっと上」というのは単純に年齢や職位の場合もあったし、同い年でもその共同体内でヒエラルキーが「ちょっと上」という場合もある。とにかくそういう人に、やたらと目の敵にされる。学校では一つ年上のヤンキーに、職場なら副店長や直属の班長、同い年でもたとえば女の子たちのほうが多勢の場所ではそのグループに、次々といじめられ、殴られ、怒られ、無視され、嫌われていく。

自分では何もしてないつもりなのにどうしてなんだろう、とそりゃあ悩んだものでした。

そこで、逆にトラブルにならないパターンは何なのかも、探ってみました。

まず、「ちょっと上」に当てはまらない人。学校では、同級生や、2つ以上年の離れたヤンキーはおおむねやさしかった。仕事でも、副店長より上の人や、パートのおばさんといった人たちには大変よくしてもらいました（年下の場合は、年上の私に気を使って合わせてくれている可能性もあるので、判断がつきにくいですが）。

それから、同じ共同体に属していない人と会うときは、何かが私より「ちょっと上」でも、毎回必ず嫌われるということはなく、ネガティブな感じにならないことのほうが多い。

一度や二度なら気にしないけど、毎回同じ条件の人に嫌われるというのは、さすがに気になってきます。いったい、どういうからくりなのか。何か私に原因があるに違いない。

考えられることとしては、私が空気を読まないので和を乱してしまうこと。そして和が乱れて叱られたり、それを調整しなくてはいけないのはだいたいその場の「ちょっと上」にいる人である。

思い返してみると、たとえば学校では、制服が嫌いでずっと体操着のジャージを着ていました。制服を着たのは、卒業式など年に数回。学級委員や担任の先生は、私がいると、みんなで同じ制服を着ることによる「連帯感」みたいなものが崩れるので、よく思っていなかったでしょう。

私だって好き好んで波風立てたくないけど、制服が嫌いなのに、それを無視することがどうしてもできなかった。

やがて上級生に目をつけられ、暴力を加えられるので学校をサボるようになりました。

いま思うと、私がいなくなって周りはせいせいしてたかもしれないですね。ネガティブな意味ではぜんぜんなく。あのとき私が学校に行かないという選択をしたことで、みんな平和になったならよかったじゃん、いやホントに。

また、過去にアルバイトしていたあるコンビニでは、「スタッフはお中元やお歳暮を必ず注文しなければいけない」という暗黙のルールがあり、誰が何個注文したか事務所に張り出されていたんですが、「私は必要ないので」と言って一度も買わなかった、ということも。

別のコンビニでは、自分が発注を担当した商品が売れ残ったら自腹で買う、という不文律がありましたが、私はこれも、バイトがそこまで責任を負う意味がわからなかったので無視。

もしかしたらあのときも、私が買わなかった分を、「ちょっと上」の人が埋め合わせしていて、それでムカつかれていたのかもしれないですよね。

さて、こんなふうに、対人関係がうまくいかない黄金パターンがある場合、そこから何を受け取るか、というところに個性が出ます。

私はこの場合、**「あなたのいる場所はそこじゃないよ」というお知らせ**だと受け取りました。

実はうすうす気づいていたんですが、それまでの経験上、どうやら私は一人でできることをしているほうが褒められるみたいなんです。

たとえば学校の体育では、団体競技ではからっきし使えなくてチームの足を引っ張ってばかりだけど、走る・跳ぶなど一人で戦う種目はわりと上位。ハードルの跳び方なんてクラス全員の前で見本として跳ばさせられたこともある。

仕事では、周りとのペースを合わせなければいけないライン作業などよりも、一人で時間までに終わらせればＯＫ、という自分の裁量で働ける職場のほうが周りに喜ばれ、役に立てているという充足感もあった。

それに、嫌われると反骨精神に火がつくけど、「ちょっと上」の人が性格のいい人だったりすると、私がいることで困ってるのがわかるんですよね。そういうとき、ああ、やっぱり私は集団のなかにいると迷惑かけるんだな、と素直に思ったりした。

やがて私は自然に、ゆくゆくは一人でできる仕事をして、交友関係はグループではなく一対一で付き合うことが多くなるだろう、と思うようになり、実際そうなりました。おかげで隠居という生活スタイルに、20代の半ばでたどり着けたことを思えば、「対人関係がうまくいかない黄金パターン」には、ものすごい情報量が含まれているのかもしれません。

私がもし、集団のなかで活躍するのが向いてたら、「じゃ、一人でやっていきます」という方向には発想がいかないと思う。相性のよくない人とも何とかうまくやっていきながら、隙を見て自己実現をねじ込んでいく戦法に出たはずです。

何かしら意味があってうまくいかなくなっている場合、**ヒントは必ず過去の経験のなかにある。**

ただし、明らかにうまくいってないいんだけど、どうやら私の黄金パターンとは関係ないし、かといって、その社会が存続していくのに必要で起こっているわけでもなさそう、ということもまれにある。

どういう流れでそうなってるのか注意深く観察してみても、そこに何の「お知らせ」も「情報」も読み取れない。あるのはただの虚無、ということが。

とあるバイト先でのこと。

全体的には問題なく、おおむね楽しく働けているのに、ある特定の社員さんにだけ、重箱の隅をつつくようなことで何度も叱責される、ということが続きました。

何かミスをしたならわかるんだけど、事務所で水分補給したとか、手が空いてる人に仕事をシェアしてもらったとか、そのレベルのことで注意されるので何が悪いのかぜんぜん伝わってこない。社員は他にもたくさんいるうえに、他のバイト仲間は同じことをしていても当然叱責まではされない。っていうか誰もそこまで見てない。

私はあの人に監視でもされてるんだろうか？　私を呼び出すときなど、もう鼻息も荒く、ちょっと正気を失ってる感じさえあります。その社員さんは自然と、私のなかでものすごく意地悪でイヤ～な人として認識され、シフトが重なる日は出勤するのも憂鬱でした。

彼の趣味が部下イビリで、たまたま私が次のターゲットになってる、というのなら、許せはしないが全体の流れとしてはわかるんです。でもそうじゃないみたい。バイト仲間にその社員さんの評判を聞いてみても、ほぼ「いい人だよね～」という意見で一致。

さらに、何らかのグループの結束を固めるために私がスケープゴートになってるとか、私が和を乱して嫌われているとか、というようすも感じられない。とにかくなんでそこまで嫌われなければいけないのか。せっかくすべてがうまくいってる職場に突然出現した落とし穴みたく、ここだけ前後の文脈や、手がかりのようなものが、何も見当たらないんです。

ある日、いつものようによくわからないことで叱責された帰り道。駅で、その社員さんが電車を待ってるのを目撃したのです。そしたらその顔が、なんつーか、「ものすごく意地悪でイヤ～な人」がみじんも感じられない、みんなが言うような、フツーのいい人の顔だったんですよね。

そのとき私は反射的に物陰に身を隠し、思いました。

あの人、私と会うことさえなければ、「ものすごく意地悪でイヤ～な人」なんかになることもなく、あんなフツーのいい顔して生きていけてたんだな。

ああ、これは誰のせいでもない。世の中には相性ってもんがあって、この人の前ではなぜか自分の暴力性や加虐性が引き出され、意地悪でイヤ〜な人間になってしまう、ということがあるんだ。そして私はたまたま彼にとって、一挙手一投足がイライラする、嫌いなのに気になってしょうがなくて目が離せない、そういう相性の人だったんだな、と。

私だって身に覚えがある。学校や職場で、正当な理由もないのになぜかこいつだけイライラするな〜っていう人、いましたもん。全員に嫌われてるわけではなく、私だけがそいつのことを嫌い。できることならそいつのために時間や労力なんて使いたくないのに、ついガン見してしまう。

たまたま同い年だったから何もなかったけど、私の立場が「ちょっと上」だったら、無意味にイビったりとか、しなかった保障はどこにもない。人間って、そんなにきれいなだけの生き物じゃないし。

この心の動きは、ハッピーに生きていくうえですごく重要な気がしているので、これからも追究していきたいと思っていますが、現時点の観察では、有名人のアンチ、パワハラ、ストーカー、ＤＶなどの行為は、これの発展形だとにらんでいます。

その人が特別なんじゃなくて、誰のなかにも、そういう火種はすでにある。そして、それを育ててしまう相性の人や状況というのが世の中にはあって、出会ってしまった場合、パワーバランスや自律心の有無などいくつかの条件が揃ったとき、誰もが被害者にも加害者にもなりうる。

で、肝心なのはどうするか、です。

いま思うと、あれはパワハラというやつだったのかもしれない。だとしたら、絶対に許せないし、いろんな知識のある今ならば、さらに上の上司や労働基準監督署に告発することも考えなければいけない。

ただ、「パワハラ」や「個人の尊厳」といった言葉でこのことを片づけたとき、どうしてもそれだけでは説明がつかないというか、こぼれ落ちてしまうとても個人的なモヤモヤの存在も感じていたんです。

というのも、私が観察した限りでは、彼のことを、それを告発しなかったら第2、第3の被害者を出す頭のおかしいパワハラ上司、とはどうしても思えなかったから。

もしその仕事なりコミュニティなりが、自分にとって本当に大切だったり、長年の夢だったりした場合は、なんとしても協調策を見つけ出し、何らかの働きかけをしたと思います。

でも私はただのアルバイトで、とくに思い入れもなく、そこを辞めても他に代わりの仕事はいくらでもあった。

いっぽうその社員さんは、バイトの私の比ではない厳しい面接や研修を受けて、あの地位にいるに違いないんです。立ち去ることで犠牲になるものは、彼のほうが圧倒的に多い。

不思議なのは、「そういう相性なのだ」とあきらめがついたとき、なにか彼に対して、やさしさというか許しというか、そういうものが私のなかに生まれたことでした。

これは私たちのせいではなかったんだ。たまたま相性の問題でうまくいかなかっただけで。もしかして、こういうときって立場が上のほうがつらいのかもしれないな。部下と相性が悪いのに自分は簡単には立ち去れない、なのに自分がどんどん意地悪でイヤ〜な人間になっていくのを止められない。

対して私は立場が下だからこそ、自分が意地悪でイヤ〜な人間に変身することなく済んだ。

そう思ったら、意外にもすごく自由な気分になった。

いつでも、私のほうから、これを終わらせることができる。彼が私にあの制御できない怒りを燃やすことを、続けるかどうかは私が決める。じゃ、もう終わりにしてあげるよ、お互いラクになろうよ、と。

辞めると決めてからは、彼の行く末に幸あれかし、くらいのことを願う余裕もできて、そうしたら最後の1か月はなぜか無意味に叱責されることもなくなりました。

パワハラを容認するつもりは一切ないし、ときと場合によっては、また違った正解があるかもしれませんが、あれはあれでよかったのだと思う。

対人関係のトラブルには、自分に何かを教えるために起こる場合と、ただ相性が合わないだけで、まったく何の意味もない場合がある。

よく観察し、適切に見極めて判断していけば、時間や気持ちを無駄に費やすことも減っていくと思います。

□死と不安

ほとんどの不安は私のせいではないけれど、こればっかりは他人のせいにもできない種類の不安もあります。それが「死ぬ」ということ。病気や老後というのも、結局は死ぬことの不安に行きつくので、同じ分野のことだと思います。

幼稚園児のころに、どうやら人って死ぬらしいとわかったとき、じゃあ死ぬとどうなるのかがわからなすぎて、怖くなって夜も眠れないことがありました。

死ぬのって痛かったり、苦しかったりするんだろうか。その、痛いのは嫌だ～とか思ってる自分は、死んだらどこに行くんだろう。ていうかどうせみんな死ぬのなら、何のために生まれてきて、そして生きなければいけないんだろう。あ～わからん怖い死にたくない！

この不安から逃れられる人っているんでしょうか。

人が何かを恐れたり、不安になったりするのは、多くの場合、それがどういうことなのか知らない、見えない、わからないからです。

死に限らず、わからないことにぶち当たって不安になったとき、それを本やネットで調べたり、実際にやってみたり、知見を広めることは間違いなく不安を和らげてくれます。

ところが「自分が死ぬ」という体験だけは誰にもできない。できないというか、体験してたらもうこの世にいないはずですよね。

死ぬっていうのがどういうことなのか、もっと知りたくて、臨死体験の本も読んだりしました。それぞれめちゃくちゃおもしろいんだけど、そもそもどれくらい死んでたら死んだと言えるのか、死んだけどいま生きてるってことは、死ぬことには失敗してるってことじゃないのかなぁ？　だから「臨死」なのかぁ、とか考えると、やっぱり信憑性の最後のところが宙ぶらりんな感じ。

だから私も、死ぬことの不安がまったくないとは言えません。

けれども現在の私は、子どものころよりは、死ぬことの不安は確実に減ったと思います。減ったどころか、「死ぬこと」に興味を持ち、それに対して自分なりに知見を広めることで、実はちょっといいイメージを持ちはじめていることも確かなんです。

これをどう表現したら正しく伝わるものかわかりませんが、私は死について考えると、ちょっとワクワクして、楽しくなってくる。

決して、自殺したいわけではないし、事故や事件に巻き込まれるのなんて絶対にイヤ。なのですが、行ったことのない国に対するあこがれの延長のような感じ、とでも言いましょうか。

当たり前すぎて、本当の意味がよくわからなくなってるけど、人は誰でも、今日死ぬかもしれない生を生きていますよね。

　ということは、わざわざ死から逃げようとしなくたって、生はもうすでに死を内包しているんだから、みんな毎日ちょっとずつ、死んでいってるわけです。自分の「死」を他のものに死んでもらうわけにもいかない。だったら今日、何をするべきで、何をしないべきか。

　行きたくないけど断り切れずにＯＫしちゃったあの誘い。定年してからかなえようと思ってたあの夢。さあどーする？　ってことなんです。

　ほら、ちょっとワクワクしてきませんか。

　で、もちろん人間は社会的な生き物なので、対応のしかたがみんな違って、社会との折り合いっていう部分にそれぞれの個性やオリジナリティが出るのがおもしろいところだとも思うんですが、みんなが今日死ぬかもしれないことを本当に実感して、今すぐ会社を辞めたりはしないにしろ、それに向けて準備をはじめてしまったら……。

　何にも困ることないですよね。

　社会が立ち行かなくなるんでしょうか。

でもみんなが「自分を生きること」をはじめたくらいで立ち行かなくなるような社会って、そもそも誰のための社会なんでしょう。人が先にあって、それが寄り集まって社会ができていくんだから、社会のほうが人の変化に合わせるのが合理的だと思います。

生のなかに死があるのなら、「死ぬこと」に興味があるというのは、実は「生きること」に興味があること、だと思います。ということは、「死ぬこと」をいたずらに怖がり、忌み嫌い、それを遠ざけ、見ないふりをすることは、「生きること」を怖がり、忌み嫌い、遠ざけ、見ないふりをするのと同じといえないでしょうか。

だから死ぬことは、生きることの一部。

それについてもっと考えたり、友人や家族と話したりしないのって、本当にもったいない。こんな楽しい体験、みんなもっとどんどんやったらいいのにと思う。

実際、「死ぬこと」について考えれば考えるほど、死の不安が減っていきます。

なぜかというと、「死」について考えまくっていると、世間で「死」とされていることに対して、どこまでが「死」の自然なありようで、どこからが、誰かに怖そうに味つけされた作り物の「死」なのかも、見破れるようになってくるからです。

「みんないつか死ぬ」という、誰もがどうしようもないことを人質にとり、あらゆる手段を使って私たちを焦らせ急がせ怖がらせ、巧妙に心をコントロールし、「自分を生きること」をあきらめさせようとしてくる「何か」を、そっと拒むこともできるようになります。

同時に、そういう「何か」への反逆心が芽生えてしまい（笑）、それが私を毎日きげんよく、楽しく悔いなく、「もう今夜死んでもいいな」と思えるように生きることへと、駆り立ててくれています。

もっと言うと、私たちが「自分を生きること」をはじめるのを妨害したいその「何か」自体が、私たちに依存しないと存在できない、と不安がってるんじゃないでしょうか。だから向こうも私たちを自立させないように必死なんですよね。

でも、その「何か」が感じてる不安も、きっとただのまぼろしだと思う。

その「何か」が何なのか誰なのか、注意深く隠されすぎていて、正直言って私にもよくわからないのですが、いつか見つけた日にはそいつの肩をたたいて、「不安になることないよ、大丈夫だからね」って言ってやりたいなぁ、と夢見ています。

台湾隠居

COLUMN 3

食

東京では小さな備え付けのキッチンで毎日簡単なものを自炊していましたが、台湾は外食文化です。おまけに家賃の安い学生街に居を構えてしまったものだから、私のアパートにはキッチンなんてもちろんありません。

台湾は外食が安い安いとは言うけれど、実際のところどうなのかというと、たしかに東京で外食するよりは安いです。そして、下手したら自炊よりも安い。うちの近所でよく買う精進料理のお弁当が50元（約１８０円。台北中心部だともっと高い）。東京より安いとはいえ、それでも3回外食したら５００円を超えてしまう。ただし、私は東京時代、毎日同じ献立（玄米、みそ汁、おつけもの）で一日の食費３００円でおさめるという、修行僧のような食生活をしていましたから、私が自炊すれば、台湾でも外食より安くできる自信はあります。それに、学生街の飲食店って、安いけど肉多め、油多め、炭水化物多め、そして申し訳程度のお野菜……。年老いた30代男子の胃にはきついのです。

そこで、なるべく家でなんとかすることにしました。季節にもよりますが、夏は暑すぎて部屋にいられないので潔くあきらめ、冬も火を通した料理が食べたくなるのでさっさと諦め、春と秋に三食家で家で用意することが多いかな。

台湾といえば南国フルーツがおいしいので、朝はフルーツとヨーグルト。昼はサラダ、夜はそれをパンにはさんでサンドイッチにします。食材は週末のオーガニック市場で買うことにしているので若干高くはつきますが、一日の食費はなんとか５００円以下に収まるくらいでしょうか。海外ひとりぐらしの身空には、健康が大事です。食の安全や、自分の環境でできる範囲を考えても、これが今のベストです。

そんなわけで、せっかく外食天国の台湾に住んでいるのに基本的に家でごはんを食べているわけですが、たまに重い腰を上げて外食しにいってると、台湾人というのは「結局、安くてウマイがいちばんエライ！」という、非常に隠居と親和性のある外食哲学を持っていることがわかりました。だからあの超有名な小籠包の「鼎泰豊」には、台湾人はほとんど行かない。

台湾では、そのへんの屋台がフツーにうまい。わかりやすい基準とし

COLUMN 2

台湾隠居

てグルメガイドのミシュラン台北（2019年版）を開いてみれば、有名な士林夜市にも「好朋友涼麺（冷麺）」「鍾家原上海生煎包（焼きまんじゅう）」「海友十全排骨（薬膳スープ）」の3店がビブグルマンとして掲載されています。

いくらビブグルマンといったって、他の都市なら庶民が毎日食べるにはさすがに高いですよね。でも台湾は違うんです。「鍾家原上海生煎包」の肉まんなんて1個14元（約50円）ですよ！

庶民がフツーに日常的に食べているものがミシュランレベル、これが台湾に暮らすことの幸せだと思う。

第4章

もう一度、世界と関わる

同じ世界が違って見える

隠居生活をはじめてからというもの、必要な分だけ働き、消費や人付き合いを極力制限して生きていたんですが、この生き方の特徴は、毎日、とくに何も起こらないってことなんです。

とはいえ、少しずつ変化はあるもので、年に数回、単発のバイトの誘いを受けるようになりました。内容は、カフェやギャラリーでのピアノ演奏や、ピアノの講師、庭仕事、雑誌のライティングなどです。

その頃にはもう、最低限自分ひとりが生きていくのに必要なお金はいつでも足りていたし、それ以上ムリして働かなくてもよかったんです。

でも、お金のためではなく、「楽しそう」「おもしろそう」「それなら得意」という気持ちでなら、引き受けてもいいかな、と思うようになりました。不特定多数の知らない人とのコミュニケーションは苦手なので、接客系の仕事だけは断りましたが、そのほかで気が向いたものは一通りやってみました。

中には謝礼はお金ではなく、料理や占いなど、バイトを頼んできた友人の得意なことだったりもしましたが、お金のためではないので、そこはあまり問題にはならなかった。それ以上に、「楽しかった」という体験や、達成感自体が報酬のようなところがある。

そもそも得意ってのはどういうことかっていうと、**人よりも簡単にできるということ**なんですよね。

私はギャラリーのＢＧＭくらいなら飽きずに延々ピアノを弾いていられるし、ライティングの仕事なんて、急な締め切りで２～３日外に出られなくても、もともと引きこもり気質なので全然平気です。

あるとき、「３日間缶詰めで書き続けるなんて、よくできるよね」と言われ、「え、他の人はできないの？」と驚いたことがありました。

ってことはですよ、逆に言えば、私にとってはお金を払ってでも他人にやってもらいたいくらい苦手なことなのに、他人にとっては屁でもないことで、それが誰かの仕事になっているのかもしれない。そのほうが、苦手な人にイヤイヤやってもらうよりも各方面に負担が少ないし、みんながラクなんだとしたら……。

それって最高じゃないですか。

なんだか、久々に外に出るようになったら、目の前に見えている世界のありようが、どうも私が記憶していたものと違うな、と思うことが増えてきました。

この世界って、苦手なことやイヤなことでも、我慢してやんないといけないんじゃなかったっけ？

なのに仕事を頼まれても、やりたくないことは拒否して、私が好きなこと、できること、得意なことだけえり好みしまくってるのに、誰にも怒られないし、イヤな顔もされない。

そんなことしてたら、学校だったら注意されたり、「生きていけないぞ」と脅されたり、仲間外れにされたり、下手したら殴る蹴るなどの暴行を受けたもんなのに……。

これは本当に、あのころと地続きの同じ世界なんだろうか。私が隠居してる間に世界がイメチェンでもしたのか？

それで思ったんですけど。

イメチェンしたんじゃなくて、世界は本来そういう場所で、私の認識のほうがゆがんでいただけだとしたら、いつから私の認識はおかしくなったのか。

私たちはいつも他人と比べられ、評価されることから逃れられず、おかしいと思うことでも自分にはどうすることもできないのだと思い込まされ、世界というのは心身がギュッとこわばって縮こまっていく気分のする不安な場所である、という記憶は、もしかして家庭や学校などで後天的に身についたものだったんじゃないか。

もちろんいまは大人になっているから、必要な生活費を稼ぐときは好き嫌いを持ち込まず割り切って働くし、どれだけ得意なことでも人に求められていなければ、それは仕事にはなりません。だけど最低限やるべきことだけやったら、あとは縮こまってないで、自由にしていいのかもしれない。

そして、自由にしていいんだから、余った時間で自分のよろこびのためにやることでお金を稼がなければいけないということはないのだし、それで食っていけてるかどうかは、本当は些末などうでもよいこと。**また広い世界に出ているほうが偉いとか、小さな世界に閉じこもっているからダメだということもない。**

ただ、ネガティブな気持ちからではなく、よろこびから外の世界へのドアを開けるとき、世界のほうはその行動を受け入れる準備がいつでもできている。そして、イヤになったら自分だけの小さな世界にいつだって戻ることもできる。

今まで世間の誰かの都合のいいように、自分を生きることをあきらめるように記憶を塗り固められてしまっていただけで、世界が変わったというよりも、それは本来、ただそれだけの自由な場所だったのかもしれない。

自由とは、自らに由《よ》ると書く。つまり自分次第ってことですね。

好きなように生きて怒られるような不自由でアホらしい世界なら、出ていかなくたっていいじゃん、とか思ってた。でも違った。どうやら世界は、それ自体は良くも悪くもなくて、私が世界をどのように見ているかをそのまま返してくるっぽい。この世界にはいいことも悪いことも両方あって、人はみんな、その人が見たいように世界を見る。そういうふうになってるんじゃないだろうか。

あのまま私が外の世界と関わらない隠居生活を続けていたら、世界の認識を改めることなく人生終えていたのかもしれない。だから少しでもまた社会に出るようになったことは、これはこれでよかったのだと、いまほんとうに思う。

再び世界と関わりはじめて思うこと

しばらく社会から離れたあと、たまに戻ってくると、外の世界で自分がいかに「思ってないこと」を言ったりやったりしていたのか、に敏感に気がつくようになりました。

たとえば私は、人間の赤ちゃんをかわいいと思えないことが多いんです。首も座っていない小さな生き物を見かけたりすると、かわいいというよりは、「何だろうこの生き物は……ちょっと怖いな」というのが本音。

でも、みんながかわいいというものだから、そういうもんなのかな、と思ってボソッと「かわいい」とか言ってみるんですが、たぶん顔が引きつってると思います。

あと、自分にとってはどう考えてもおもしろいと思えないことで、その場の人たちが笑っていたりすると、「あれ？　おもしろいと思えない自分がおかしいのかな」と思ったりしますよね。そのときも、ためしにおもしろくないのに笑ってみたりすると、「あ、やっぱり自分が薄まった」と思う。

以前なら、何とも思わなかったことにさえ、今は微妙な気持ち悪さ、違和感を感じるようになってしまいました。周りに対してではなく、自分に対して、てきとうにその場をやり過ごせなくなってくる。

周りから見たら「隠居なんかしてるから人間らしい融通がきかなくなったんだ」と思

われるかもしれないけど、そんなに簡単な話じゃないと思う。

たしかに隠居生活をしてから、外に出て人と会う機会が激減したんですが、人と会わないってどういうことかというと、「思ってないことを行動に移す機会がそもそもない」ってことなんですよね。ていうか、一人でいるときに、かわいくないものを「かわいい」とは言わないし、一人でおもしろくもないのに笑ってたらかなりヤバイ……。

そういう機会がなくなると、自分がどんどん本来の自分に戻っていっちゃう。思ってることと言動が自然に一致していくんです。

そうすると、一人でいるときと、誰かといるときのギャップが少なくなる。

だから久々に外に出て人に会ったりすると、自分が自分じゃない瞬間に敏感になるんだと思う。観察してるとおもしろいですよ。ああ、人間はこうして「思っていないこと」の上に自分の言動を積み重ねていくんだな、と。

そういえば、一人でいるときって子どものころにいちばん近い状態かもしれないですね。お世辞も愛想笑いも、したくないと思ったらフツーにしなかった。

だから本来の自分に戻るっていうのは、子どものころの「思ってないことを言動に移さない状態」を思い出すことかもしれません。

思ってないことを言動に移してしまうと何がダメかって、自分の言葉や行動がみるみる力を失っていくんですよね。

普段から周りを優先したり、不安に突き動かされて思ってないことばかり言ったりやったりしている人に、説得力なんかないんですよ。すると当然、自分が話すときには誰も耳を貸してくれなくなり、自分が何か行動を起こすときにも、サポートしてもらえない。なぜなら、思ってないことを言動に託すことで、誰よりも先にまず自分自身が自分の言動の価値を薄めているから。

自分で自分の言動の価値を薄めることと、その場になじめず浮いてしまうことと、どちらがより怖いでしょうか。って、どっちも怖いですよね（笑）。

言うは易し、行うは難しってまさにこれ。

人と違うことに反射的に不安になるのは、社会を構成してきた人間の特質上、仕方がない部分もあると思います。

人間は農耕時代の昔から、集団を作ってサバイバルしてきた生き物なので、もはやＤＮＡレベルで集団を志向するようにできている、というのはわかる。だから周囲に合わせることは、生存戦略とも言える。それもわかる。

けれども、それはいつの時代に合わせてるんだっていう話で。

農業技術が向上して一人当たりの生産量は増え、交通や情報産業も発達した現在、みんながみんな昔のようにつねに集団で生きなくても米は作れるし、社会は成立するようになっています。

集団については、このたびのコロナ禍がおもしろい例を与えてくれていると思う。

もちろん大変なこともたくさんあるんだけれど、それぞれの状況はとりあえず置いておき、コロナ禍で推奨されている「リモートワーク」という働き方だけを取り出してみます。

リモートワークになると、会社に出勤せず、家で仕事をします。

それって、図らずもみんなにとって、「周囲に合わせて思ってないことを言動に移す機会」が強制的に失われることになってるのかもしれないですよね。そして、毎日会社に集まらなくても、回せる仕事がたくさんあるんだ、と。

それがわかったら、人は四六時中集団で行動しなくてもよくなっていく。なんだ、私たちって惰性で集団作ってたんだぁ、みたいな（笑）。

といっても急に完全に一人ぼっちで生きていくようになるとも思えない。おそらく人々は、惰性ではなく現代社会のニーズに合わせてそのつど集団を形成しつつ、そうでないときは個人で行動するようになるでしょう。

そうすると、惰性の（思ってないことを言動に移さなければやっていけない）集団の多くは淘汰されていく。淘汰されていくならそれは自然なことだし、私は究極的にはそれでよいのだと思っています。

そして、思ってることと言動を一致させる習慣が身についた人たち（＝自分自身の言動に力を蓄えた人たち）が再び集まったとき、何が起こるのか考えると、ちょっと楽しみでもあるんです。

言動に力を与える

自分の言動に力を蓄えるために、ここからはじめるとよいのでは、という方法があります。

それは、「いいね！」と思ってないのに「いいね！」しないこと。

というのも、このご時世、「ほんとに思ってる？」というような「いいね！」が、あまりにも氾濫していると思うからです。

字面だけはよさげだけど、交通安全や税金の標語みたいにびっくりするほど響いてこない言葉を、使いまくる人がよくいますよね。あれは本当に思ってないことや、意味がよくわかっていないうちに放り投げてしまうことで、その言葉に見合うような力が追いついてないからだと思う。

言葉に力を与えないのって超カンタンなんですよね。よさげな言葉をテキトーに組み合わせるだけで一丁あがり！

「よさげ」っていうのはどういうものかというと、いつどこで誰が言っても、みんなが「いいね！」と言うしかないようなうすらぼんやりした言葉です。たとえば、「絆を大切に」とか、「日本を取り戻す」とか（笑）。

いえ、こうした言葉が悪いのではなく、扱い方というか、その額面にきちんと見合う力を持たせるために注意が必要、という話です。だから、「いいね！」の前に、「それはどういう意味ですか？」というボタンがあればいいのに、と思う。

なんとなくよさげということで、思ってない言葉に思ってない「いいね！」を積み重ねてしまうとどうなるか。

「こういう言葉の使い方でいいんだ」ということになり、実感を伴わない空っぽの言葉がどんどん世の中に氾濫していくと思います。

そして、みんなが使う言葉のおおもとの部分に栄養が行き渡らなくなり、やっぱり言葉が力を失っていくんじゃないだろうか。

でも、「思ってないことを言動に移さない」習慣が身につくと、これにどうしても乗れなくなってくるんです。だから、「いいね！」と思ってないことに「いいね！」しないのは、言葉の形骸化を防ぎ、言動に力を蓄えることにつながる。

どうですか、けっこうめんどくさいでしょ（笑）。

こんなことしてたら「空気よめ」とか言われて友達減りますよ、はっきり言って。いやほんとに減るんです、冗談じゃなく。

でもね、「友達」という言葉だって、思ってないのに使わないほうがいい。

自分は何を「いいね！」と思うのか。「友達である」というのはどんなことなのか。こうした小さな疑問や違和感は、いままで与えられたとおりにインストールしてきただけの、実感を伴わないうすらぼんやりした言葉の意味を、自分なりの実感や思索を通して更新していくチャンスなんです。

個人的に言葉を使うときも、「なぜ」「自分が」「いま」「この言葉を」使わなければいけないのか、という必然性をビシバシぶつけなければいけない。するとだんだん自分の言葉がみがかれ、伝わる力を持っていくのがわかります。

言葉が力を失うということは、その人が何を言っても何にも響かず、誰にも届かず、おかしいと思うことを外に向かって発信する力もない、ということと同義です。大小を問わず、社会を自分勝手に動かしたい人たちがいたとしたら、こんなに都合のいいことはないですよね。

思ってないのに「いいね！」することくらい大したことないじゃん、と言うかもしれないけど、私は行きつく先はそういうところだと思っています。

だから、思ってないのになんでも「いいね！」しない。思ってないのに誰でも「友達」とか言わない。

こんな小さなことからでも、自分の言動に力を蓄え、自分だけの世界を作っていくことはできると思う。

それもかなわない場合は、せめてそのとき感じたあなただけの違和感を、なかったことにしないでほしい。すぐにはその正体がわからなくても、ずっとモヤモヤ考え続けることが、いつかきっと自分が自分になっていくための道筋を示してくれるはずです。

世界の大きさを、自分で決める

「世界」と言うとき、２つの意味があると思う。ひとつは、漠然と私たちが生きている「この世全体」を指すとき。これは私たちが勝手に広げたり縮めたりできるものではありません。これを客観的世界と呼ぶことにしてみます。

いっぽう、「自分の世界がある」「二人だけの世界」などという言い方をするときもありますよね。この場合、「世界」の意味するところは、「自分がとらえると決めた範囲」

のことだと思います。これを主観的世界とします。

で、朗報なんですけど、主観的世界のほうは、どうやらその気になれば自分で勝手に大きさを決めていいらしい。

それでいうと、私が東京で隠居生活していたときは、外界との関わりを断ちまくっていたので、私の主観的世界はめちゃくちゃ小さかったと思う。はたから見ると、人生に対してかなり消極的な態度と見えるかもしれません。でも、隠居の「中の人」から見えていた景色はちょっと違うんだな。

私にとっては、週２日だけ働いて、ごく親しい友人とだけ関わりを持つ、くらいにしておいたほうが、主観的世界に対して最後まで責任を持つことができた。

主観的世界に対して責任を持つとはどういうことか。

それは、自分の不安を周りにまき散らすことなく、まずは自分で受け止め、どうしたらいいのか考えて自分で解消できること。そして毎日、なるべくきげんよく過ごすこと。自分のきげんをとるのを他人任せにしないことです。

なんだそんなことかって思うかもしれませんけど、できてる人って意外と少ない。

主観的世界が小さければ小さいほど、不安のような不純物が発生してもすぐに気がつけるし、手も届きやすい。整えるのが簡単になるんですよね、部屋みたいなもんで。逆にあまり広くしすぎると、自分が自力でいい状態に保っておけるキャパを超えてしまう。であれば、自分がムリなく対処できる範囲を理解し、それをキープすることは、非常に前向きな行為だと思います。

ちなみに、主観的世界のキャパシティは人によってかなり違うので、広ければいいということも、狭いとダメということもありません。広すぎず狭すぎず、自分が責任を持てるくらいのちょうどいいところを見つけるとよいと思います。

ニュースとの付き合い方

ただし、このくらいが主観的世界（＝自分が責任を持てる範囲）だな、と一度決めても、ほったらかしにしておくと、主観的世界はどんどん広がってしまいます。外に出て人と会わなくても、現代はあらゆる情報があらゆる経緯で、しかも人類史上最速のスピードでばんばん入ってくるからです。ボーっとしてたら知らなかった世界と出会っちゃう。ダメ絶対！

だから、主観的世界を自分に合ったサイズにキープしておくには、ちょっとしたコツも必要になってくる。

人間の知覚というのは、83％を視覚に頼っているそうで、聴覚は11％、嗅覚3.5％、触覚1.5％、味覚が1％と続くのだそうです。つまり、イヤでも目から入ってくる情報にものすごく左右される。

この視覚に、不安にさせるような情報が入ってくると、全知覚の83％が不安にさらされるってことに。テレビやネットなら、音もついてるから＋11％で、合計94％の知覚が影響を受けるんです。

テレビ屋さんやネット業界の論理として、視聴率／視聴数を稼がなければいけない、というのはわかる。だからといって「今、世の中ではこんな凶悪犯罪が発生してますよ〜」とか、「この商品を買わないと時代遅れですよ〜」とか、「これを見ておかないとあとで大変なことになりますよ〜」と脅すような味付けをされると、つい見ちゃって不安が発生してしまう。

それでも見たい人は見ればいいけど、せっかく平穏な隠居生活を送ってる私にとっては、由々しき事態です。

ところで私は18歳のときにテレビを観るのをやめました。

今はどうなのかわかりませんが、当時のテレビ番組って、「ハイっ、ここで感動してくださいね〜」「感動以外は許しませんよ〜」みたいな（笑）、お仕着せの感想まで押しつけてくるみたいなのが多くて（そうでない番組ももちろんありましたが）、これは暴力だ！　どう思うかはこっちの勝手だろ！　とムカついて観なくなって、そのままひねくれ倒して約20年、というわけなんです。

体感として、テレビを観ないというのは、20年前はまだ変人扱いでした。「えー、なんで？」というような、素直な驚きとともに受け入れられていた。それが10年くらい前になると、「あ〜、最近そういう人いるよね。カッコつけてるんですか？（嘲笑）」くらいの感じになって……、今ではすっかり珍しくなくなったようです。

フツーってラクだなあ。

ただ、若い人などは、テレビを観なくなった代わりにその分ネットを見てるので、視覚から情報を取り入れる割合自体はそんなに変わらない、という説もありますが。

話が逸れましたが、ということは視覚を支配されなければ、望まない主観的世界の広がりを抑えることができそうですよね。

さて、テレビを観なくなってからというもの、私の情報源は何だったのかというと、ラジオでした。これがよかった。

ラジオは、テレビやインターネットと比べると、情報の味付けが淡泊で、必要以上に不安にならずに済む。どうがんばっても音を工夫するしかないし、ＭＡＸで知覚の11％ですからね。

ラジオを聴いたって知らない情報は流れてくるんだから、主観的世界は広がっちゃうんじゃないの？　と思われるかもしれません。

たしかに知らない情報は流れてきますが、知覚の11％くらいだと、知らない世界と「出会う」というほどのインパクトはなくて、知らない世界と「すれ違う」感じ。だから、世の中のことはなんとな〜く把握しつつ、自分の世界をキープ（つまり隠居）できちゃうってわけなんです。

そして現在は、台湾への移住に合わせてラジオをなくし、代わりにスマホという文明の利器を持つようになりました。これがあなた、テレビどころの騒ぎじゃないんですよ。これさえあれば24時間いつでもどこでも知らなかった世界とつながれちゃうんですよ。ってみんなもう知ってるか。

今は取材の仕事などで、屋外でリアルタイムで人と連絡しながら仕事を進めるため、スマホがどうしても必要で仕方なく持ってますが、応急処置として、視覚に訴えるニュースをなるべく目に入れないようにしています。

情報源はアプリひとつ、ラジオクラウドに限定。お気に入りの情報番組は、ＴＢＳラジオの『荻上チキ・Session』と、文化放送の『大竹まこと ゴールデンラジオ』。これを家で流しっぱなしにしておくだけで、追いかけない。すると、だいたい世の中で起こっていることは把握しつつ、必要以上に不安になることもありません。

ニュースは追おうとすると終わりがないし、しかも情報は玉石混交。どれが本当に大切なのかを一つずつ判断するのも、いいかげん疲れちゃいますよね。

そこで、ラジオでおおまかに世界のことを把握する以外で、私が自分から能動的に調べにかかるニュースは、なるべく歴史ドキュメンタリーに限定することにしています。

発生してから30年以上たっても淘汰されずに語り続けられている、あるいは語り続けられるに違いないニュースこそ、人類にとって本当に大切な情報がたくさん詰め込まれていると思うからです。

他人の世界に生きるのをやめてみたら

私が自分の主観的世界をある程度作り上げた頃、周りと話が合わないな、ということが増えてきました。

実家に帰ると、親が毎回言うのです。「最近は物騒な事件が多いから、気をつけなさいよ」。え〜、そうか？　だって私の周りでは犯罪発生率０％ですよ。それに、世界中いろいろ行ったけど、アメリカとかインドに比べたら日本なんて断然治安がいいんですけど？　しかも警視庁が毎年発表してる犯罪統計を見ると、日本の犯罪発生率ってここ15年ほどで年々下がってきている。

そう、私の親は友達がおらず、親戚や近所との付き合いもありません（さすが我が親、血は争えない）。情報源は鉄板でテレビだ。起きてる間はつけっぱなしにしているのを私は知っているぞ。

でも子どものころは、「親が言うから危ないんだろうな」と思ってた。

これは子どものころは仕方ないと思うけど、親が自分で作った主観的世界のルールを何も疑うことなく生きていたんですよね。今は親の作った主観的世界に生きるのはやめました。

また、厚生労働省が発表したところによると、「可処分所得が１２２万円未満は相対的貧困」らしいんですけど、私自身は隠居生活してて貧困って、ネタにはしても本気で

思ったことはないんですよ。毎月生活に必要なお金は稼いでて、わりと豊かな気持ちで暮らせて

ありがたいなあと思ってるくらいなので、あんまり実感がわかない。いや、私年収１００万円くらいしかなかったんですけど(笑)、なぜか困ってなかったし。

むしろ「私が貧困かどうかをなんで国に決められなきゃいけないんだよ」と思ってるんで、主観的にはフツーにハッピー。

　でも上京したばかりで生活が苦しかったころは、「こんなに働いてもお金がないってことは、貧困なんだろうな～」と思ってた。やっぱり日本国が作り上げた主観的世界のルールで生きていたんです。で、今は日本国が勝手に作った主観的世界に用はないので、勝手にやっててください、という感じ。

　隠居するようになってから、「犯罪」「貧困」という現象が、現在の私にはまるで関係ないことのように映る。これってどういうことなんでしょうか。

私は、主観的世界というのは、最高決定者のルールに染まるものなんじゃないかな、とちょっとヘンな仮説を立てています。

たとえば親が、「この世界は治安が悪い」というルールで生きてきたなら、多くの場合は子の主観的世界は親から受けつぐので子どもにまでそのルールは伝染する。日本のトップの人たちが「年収１００万円なんて貧困層だ」というルールで生きていたら、やはり国民の主観的世界は国に影響されがちなので国民にまでそのルールが伝染する。

いっぽう、私のように一人暮らしで誰の上にも君臨せず、小さな世界に生きていて、かつ他人との境界線がきちんと引けていれば、自分が主観的世界の最高決定者なので、自分をハッピーにするだけでこの主観的世界はハッピーということになる。

じゃあ家族と暮らしていたり、日本に住んでいたりすると、自分の主観的世界が作れないかというと、そうではないと思う。その場にいる全員が、きちんと自分の主観的世界を確立し、他人の境界線を侵さない心構えができていれば大丈夫。

でも、他人のことまではわからないし、家族がどんな人か、国家のトップがどんな人かって、くじ引きみたいなもんですからね。自分の主観的世界は、小さくて独立しているほうがはるかに治めやすい、ということは言えると思います。

べつにいいじゃん、治安がいいかどうか、貧困かどうかなんて、自分の感覚を優先するより他人に決めてもらったほうがラクだし〜、という考え方もある。でも問題はその他人が、主観的世界をネガティブなルールで生きていたらどうなるかってことなんです。もし、富や権力を支配しないと幸せになれない、とか、子どもが有名大学に行かないと意味がない、とかいうルールを設定してる人がいたら、その人は自分ルールの幸せを実現するために必ず他人を利用します。なぜならその設定自体が、他人を利用しないと完結できないようになってるから。

このとき、自分の主観的世界のルールを他人任せにしている人のほうが、利用しやすいと思う。何が正しくて何が間違っていて、自分はどう生きていきたいか、そういうことを考えないで、自立しないでおいてくれたほうが利用するには都合がいいですもんね。

でも、私たちは他人の世界の自己実現のために生きてるわけじゃない。

なんで誰かが勝手に作った主観的世界のシナリオにこっちが付き合わされなくちゃいけないんですか。自分で決めたことなら失敗しても責任とれるけど、他人が決めた主観的世界のルールに従って私がこの一度しかない人生を失敗したら、どう責任とるつもりなんでしょう。

だからせめて、自分は何がほんとうに幸せで、何がほんとうに意味のあることなのか、それくらいは自分で判断してこ。客観的世界の大きさは自分では決められないけど、主観的世界の大きさや形は、自分で決めることができるんですから。

そして、他人ではなく自分がその主観的世界の最高決定者になるんです。自分の大切な人生の時間や、お金や、気持ちを、他人に奪われないために。

社会情勢にも影響されない？

考えてみると、私が隠居生活後に出会った人たちは、「他人や世間はどうあれ、自分は自分の主観的世界を自力で充実させるぞ！」という気概を持った人たちが多かった気がする。

不況なのに／被災してるのに／コロナ禍なのにｅｔｃ．、なんでこの人は関係なく楽しそうなんだろう、というとき、それは外の世界と自分の世界との境界線がハッキリ引かれているからではないかと思う。自分の主観的世界をしっかり作り上げ、客観的世界や、他人の主観的世界との距離感がうまくとれているんですよね。

で、ここで疑問なんですけど、自分の世界が確立していれば社会情勢に影響されないのだとしたら、それはどの程度まで影響されずにいられるんでしょうか。

私は個人的に、戦争みたいな状態になるのって、自分がどう生きていきたいのかを他人任せにする人が増えすぎた結果ではないかとにらんでいるんですが、さすがに戦争にもなれば自分がどれだけその社会のルールで生きていなくても、巻き込まれるんじゃないか。

こればっかりは、戦争の経験がないので（ないほうが絶対にいいんだけど）、何とも言えない。でも私は、やっぱり影響されないこともあるんじゃないか、という希望的観測を持っています。

フランス人作家、ジャン・ジオノが書いた「木を植えた人」という短編小説があります。１９１０年代、プロヴァンスの打ち捨てられた村にたったひとりで暮らし、社会から切り離されたような生活を送っている羊飼いのおっさん、エルゼアール・ブフィエの話です。荒れた土地に毎日こつこつどんぐりを植え続けているブフィエに出会い、たびたび彼を訪ねていく男の語りで物語は進行します。

読みはじめてすぐ、私はこのブフィエに親近感を持ちました。好きで自分から世間と隔絶されていること。なのにひとりで勝手にハッピー感。で、好きなこと（ブフィエの場合はどんぐり植え）に至っては、はじめは樫からはじめて、「あの谷間なら地表間近に水分があるだろうから、樺を植えてみよっかな〜」といった探求心があるところも。世間を無視してひとりで地道に倦まずたゆまずハッピーを追求する、こんな私みたいなおっさんが行く末どうなるのか。

がぜん気になり、読み進めていくと、第一次世界大戦同様、第二次大戦もこの人にはなんの影響も及ぼさなかっただって（笑）。

ブフィエ、強っ！！

そうして30年余りが経ったころ、荒廃していた村には森や沢や人が戻り、うつくしい風景が広がっていましたとさ。

主人公には、ブフィエの行為が何か高貴なものと映るんだけど、私にはこのおっさんが、べつに崇高な目的のためでなく、ただただ楽しくてやってたらそうなっただけ、のようにしか見えないんですよね。どうもそのあたりに、人生のひみつってやつが隠されているんじゃないかと私は予感しているんです。

これはブフィエの場合だし、そもそもこの物語はフィクションなんですが、これがほんとうにできるなら傑作じゃないですか？

もしもですよ、一人ひとりが、他人の世界のルールで生きることをやめ、自分の世界をそれぞれに確立していったら……。予想に反して、ものすご〜く安心で平和な世界が待っているのかもしれない。試す価値はありまくりだと思う。

私はこの先、誰も賛同してくれなくても、ひとりでもやってみるつもり。

よければご一緒にどうですか？

実用編

不安をなるべく増やさないで生きる

不安について、いつも疑問に思うことがあります。人間って、不安になってからしか動けないんでしょうか。

もし、不安なことが起こってからしか対処できないとなると、モグラ叩きでいつモグラが顔を出すかとヤキモキするのが永遠に続くみたいで、気が休まらなくて疲れちゃいますよね。

もちろん生きていれば予測できない突発的なことも起こる。だったら、不安がニョキっと顔を出しても、平然としていられる自分になればよいのでは？

それというのも、私は隠居になってから、なぜか不安を覚えること自体がぐーんと減ったんですよね。

隠居する前は、知らない人とのコミュニケーションが苦手なのに接客の仕事をしていたり、生活がギリギリでいつ家賃が払えなくなるかとビクビクしていた。つねに自分が統合されずに散り散りになったような不安で、緊張しながら生きていたように思う。

ところが隠居してからは、訪問型介護の仕事に転職したので不特定多数の人と関わらなくてよくなり、激安アパートに引っ越したため家賃の心配もゼロに。

すると心と時間に余裕ができ、自分がズレてしまったときに、そのズレを検知し、自分に戻るのが早くなっていきました。不安になることは今でもあるけれど、その不安が大きくならず、長続きもしなくなってきた、というのかな。

隠居前だったら、何とかしなくてはと焦っていたようなことも、「あ、これは叩かなくても、放っておけばいいモグラだな」って判断できる自分が、いつもここにいてくれるような安心感があります。

そして、不安というのはけっこう自分の状態と関係があるもので、「この不安は対処するべき／放っておけばよい」の的確な判断ができるときは、たいてい心と体がいい状態のときなんです。だから、**心と体をいい状態に保っておくことで、少なくとも不安に振り回されることは減らせるんじゃないか**。

不安なことが起きてしまったら、個別に対策を講じつつ、それはそれとして、ふだんから不安になりにくい心と体を作っておく。この両輪で不安を解決するのがよいと思います。解決法がひとつしかないよりも、たくさんあると知っているほうが、気持ちとしてもかなり安心ですもんね。

以下、私が心と体をいい状態に保っておくために心がけていることを紹介します。

① 合わない場所から出る

まず、生活の根本的なところから見直すのがよいと思います。

よく「水が合わない」という言い方をしますけど、あれはお水が体に合わないという文字通りの意味ではなくて、その環境にどうもなじめない、ということですよね。これって、心と体をいい状態に保っておくためには、かなり致命的な問題です。人は、合わない環境にいると少しずつ確実に弱っていく。

その場所でつらいことがあったとか、街自体が治安が悪くて荒んでいる、とかならわかりやすいけど、そうじゃないこともあるからやっかいです。環境が悪いということなら、自分だけじゃなくて、他の人も弱ってないとおかしいですからね。

ところが、同じ場所に住んでいても、なぜかイキイキしている人と、精彩を欠いたような人がいる。だから場所が悪いわけじゃない。ただ、**場所との相性**っていうのがあるんだと思っています。

私が見分ける目安にしているのは、

・ちゃんとごはんも食べれているし、病気もない
・にもかかわらず、なんとなく毎日が不調
・何をしていても楽しくない
・生きていこうと思えない
・明るい未来を描けない
・無力感だけは売るほどある

以上のことに当てはまる場合は、そもそも今いる場所が合っていない、という可能性を疑ってみるといい。

これはですね、実は私が地元に住んでいたときの状態です。

20歳を過ぎてはじめて、自分が稼いだお金で実家を離れて海外で一人暮らしをしたと

き、とくに何があったわけでもないのになんとなく毎日が好調で、地元に住んでいた時と真逆で、あの謎の閉じた感じは何だったんだろう……と不思議でした。このときやっと、生き生きとした状態っていうのはこういうことなのか、私にはそもそも地元が合っていなかったのかも、と気がついたんです。

人間って、ほんとは食べ物だけで生きているわけではなくて、その場所の空気や雰囲気といったような、目に見えないものまで取り込んで、生きるためのエネルギーにしているんじゃないだろうか。

それでいうと、地元にいる時は、その土地の目に見えない部分が自分に合ってなかったんだと思う。腹はふくれても気がふくれていない、という感じ。生きてるけど生きてなさがハンパなかった。

もし、引っ越していくつかの違う街に住んだ経験があれば、「あの街は好きだけど、この街は嫌いだな」と比較ができ、場所との相性が存在すると早いうちからわかったかもしれない。

でも恐ろしいのは、一か所にしか住んだことがない場合。そこが自分に合っているかどうかの比較対象がないので、いつまでたってもわからないんですよね。

旅行に出かけるくらいなら、私にだって経験がありました。だけど、ちょっとやそっと離れたくらいでは、地元との相性にまでは思いが至らなかった。すぐにそこに戻ることを知っているから、完全に切り離すことができないんです。

頭ではその理由がわからなくても、「なぜか元気が出ない」という症状として表れる。人間って、そういうとこはものすごく正確にできていると思う。

では、場所との相性をどうやって見分けるかと言うと、

□自力で他の街に住んでみる

これが特効薬だと思います。

自力で、つまり自分で決断し、自分で稼いだお金でやる、というのがポイント。

とはいっても色んな事情で、今すぐには引っ越せないこともあると思います。そんなときは、自力で他の街に住んでいる自分を想像し、ネットで物件を検索してみたり、実際にその街に行って、歩いてみたりするといい。ここまでならお金もかからないですからね。引っ越すと思い込んで、とりあえず行動してみることが大切です。

自分の心が、ここではないどこかに自力で暮らすことへとチューニングされたとき、息がしやすい、ウキウキする、想像が悪いほうにいかない、などの兆候があれば、やはり今いる場所はあなたに合っていないと思います。

私は過去に住んだことのある場所で、好きになれないのは地元だけです。その後移り住んだ街でも、大変なことはたくさんあったにもかかわらず。長年、どうしてなのかわからなかったんですが、たぶんこれが原因じゃないかというのはあります。

それは、地元の場合、自分でそこに住むことを選んでいないから。

たとえば東京では、暮らしはじめのうちは、生活費が高すぎて本当にしんどかったんですが、自分で選んで住んだ街に対しては、少なくとも好きになろうという努力をすることができたんです。でも生まれ育った街の場合、ひとたびイヤなことがあったりすると、「好きでここに住んでるわけじゃないのに、なんで好きにならなきゃいけないんだろう」となる。

自分で選ぶということが、この差を作り出します。

生まれ育った場所に住んではいるが、病気でもないのになんとなく毎日が楽しくない、という場合、まずは「いる場所」を自分で選ぶところから、始めてみてはどうでしょう。

② 合わない食べ物を避ける

経験上、食べるものって、「一日に何キロカロリー摂取すれば健康」とかいう次元の話だけではなくて、数値化しにくい微細な変化を確実に心と体に及ぼすと感じています。それは数値化しにくいがゆえに、頼りにできるのは自分の感覚だけだし、しかもゆっくりと時間をかけて少しずつ起こるので、余裕がない時にはまったく気がつけなかったことでした。

私の食生活については他の本でも詳しく書いてあるのでそちらを参照していただくとして、今回のテーマに合った話をしてみます。

私は、アレルギーとはいかないまでも、「人それぞれ合わない食材・調理法・食べ方がある」と、勝手に思っているんです。

で、なぜ合わないかというと、それを食べるとストレスがかかって疲れが蓄積するからだと思う。

若い人には何の話かわからないと思うけど、食べるっていうのは、実のところけっこう体力を使う行為なんですよ。

私は東京で隠居をはじめてから、自分の心身や生活スタイル、経済状況に合った食生活を求めていろいろ試してみました。その結果、薄味の玄米菜食を自炊する、に落ち着きました。なぜかというと、これがいちばん疲れないから。体にもお財布にも負担が少なく、全体的にみて非常にラクなんですよね。

基本メニューは、無農薬発芽玄米に、川辺で摘んできた野草入りのみそ汁、そして自分で浅漬けにした野菜。あとは気分や季節によってアレンジを加えます。

で、自炊した薄味の玄米菜食を食べ慣れていると、たまにファストフードを食べたり、嗜好品を口にしたときに、「なんじゃこりゃ、味、強っ！」と思うようになりました。

刺激の強いものって、たいてい見た目・味・匂いなどの情報量が多いので、食べるとそれを処理しようとして五感が強制的にギューン！　と稼働して、ゆっくり元に戻る。で、また口に入れるとギューン！　……食べ終わるまでのこの繰り返しが、歳のせいなのかわかりませんけど、だんだんしんどくなってきたんじゃないかと、私は見ています。食べたその瞬間は、おいしいと思うんですけどね。でもやっぱり食べたあとにほんの少し食べ疲れているというか、気分が落ち着かないといいますか。だから一食のうちに、このギューン！　の度合いが少ないほうが体に負担がなくてラクなんです。

現在も、自炊でインスタントラーメンくらいはたまに食べますが、粉末スープを半分しか入れられません。全部入れるとスープの味が強すぎて食べ疲れちゃうんです。

ほかには、ブラックコーヒー、アルコール、甘い炭酸飲料といった刺激物、カカオの少ないチョコレート、スナック菓子、冷たいもの、あとは化学調味料や添加物が大量に入っているものや、肉類もけっこう食べ疲れるものが多いので、自分から進んで摂取することが減りました。

ちなみに食べ疲れる調理法は、私の場合ですが、揚げ物や、電子レンジで温めたものはその傾向が強いように感じます。これらの調理法で作ったものは、口に入れると「熱い」を通り越して「痛い」と感じることがままある。

逆に食べ疲れないのは、弱火でじっくり時間をかけ、煮るか蒸すかで調理したもの。味が淡泊で、消化によいものはやはり負担が少ないですね。

それから疲れる食べ方でいうと、やはりよく噛まずに急いで食べること。
噛まないと、単純にお腹に負担がかかって苦しいということもあるし、さらに刺激の多いものを急いで食べることで、五感が強制的にギューン！〜戻る、の間隔が狭くなって、食べてるあいだじゅう、五感がジェットコースター状態。た、体力が追いつかない……。

ってここまでくると、刺激に弱いというより、単に私が弱いだけかもしれませんが。
で、まあ想像できると思いますけど、ゆっくりよく噛んで食べるほうが、圧倒的に食べ疲れません。

食べ疲れない食生活を心がけていると、年単位でゆっくりと変化が訪れます。

私の場合は、まずイライラすることが格段に減りました。以前は、5秒違いで電車を逃したり、座ろうと思っていた座席に誰かが座ったりすると、なんだか損したような気がして、けっこうイラっとしたものでした。

食生活を変えてからは、席を取られたくらいでは何とも思わない。最近では快速電車の席取り戦争に不戦敗を決め込み、はじめから各駅停車を選んで乗ったりします。

小さなことでイライラしなくて済むのって、めっちゃラクなんですよ。

そして欲望が減退するのも嬉しいところ。

食欲、物欲、性欲、金銭欲、所有欲、独占欲……。欲と名のつくものが軒並み減っていきました。睡眠欲だけは例外ですが。今でも1日8時間睡眠＋昼寝がデフォルトです。

ただ、刺激が強かったり、欲が増えるから悪いかと言うとそうでもなくて、私はその性質をあえて利用することもあります。

たとえば気分がふさぎ込んでウツっぽいときや、大きな仕事が控えているときは、景気づけに刺激物や肉を食べて気持ちをアグレッシブに持っていく。これ、よくやります。

受験生が試験前夜にゲン担ぎにカツどん食べる、というのが昔からありますが、ひょっとしたら食べ物と心身の関係って、人間は本来自然に取り入れてきたのかもしれないなあ、と思う。

「人それぞれ合わない食材・調理法・食べ方がある」っていうのは、私ひとりの実体験から勝手に導き出した答えなので、他の人にとってはそうじゃないこともあるかもしれないし、数値化できないので信じられない、という人もいると思う。たしかに食べることの、現代栄養学で説明がつかない部分については、自分の感覚を信じるしかない、というのが難しい。でも、だからこそ楽しいところでもある。

たとえば私は身長１７５㎝で体重55㎏なんですが、これって「ＢＭＩ」という肥満度を表す体格指数でいうと約18、つまり「低体重」で、「少し健康が心配」というレベルなんです。

でも、私は大人になってからはずっとこの身長と体重で、ふつうに毎日快眠快便で、体も軽くて、痛いところも苦しいところもないんですよ。

投資の神様といわれているウォーレン・バフェットなんか、若いころから毎日マク◯ナルドとチェリーコークを飲食し続けて元気に御年90歳！　ですからね。あれも現代の栄養学でいったら、偏りまくりのはずなのに。

数値だけがすべてなら、いま感じているこの健康って何なの？　ってことになる。

だから数値やデータで表しきれないものは、実感が補うってこと、あると思う。

それを食べてみたら、心身にどんな変化があるのか、おなかやお肌の調子、心の状態、よく眠れているか、そうしたことを数値や他人に任せず、自分でもきちんと確認し、食生活から不安を増やさない方法もぜひ考えてみてください。

❸ 合わない服を着ない

着る服を選ぶとき、値段や品質やブランドなど、いろんな判断基準があると思いますが、「これを着ていると体にストレスがない」という基準で選ぶ人は、あまりいないですよね。

そもそも服とストレスに何の関係があるのって感じですけど、ナチュリストでもなければ、みんな一日中何かしらは身につけています。だから服の選び方でストレスが減らせるなら、こんなにラクなことはないと思いませんか？

私が服とストレスについて、思いを馳せるようになったのは、三十路をすぎて、部屋着にしていたスウェットの上下を身につけていたとき。なんか肌がチクチクして気持ち悪いな〜と思って、ふとタグを見たら、69%ポリエステルだったんです。

もしかして肌と素材にも相性があるんだろうか？

それから服の素材が気になって、私の普段着を全部ひっくり返してみました。白無地Tシャツが66%コットン・34%ポリエステル。短パンは１００%コットン。チェックの長袖綿ネルシャツが１００%コットン。パーカーは本体は１００%コットン（フードとリブには少しポリエステルが使われていました）。黒いパンツは94%コットン、6%がポリウレタン。

どうやら天然繊維（コットンなど）の服はわりと着ていて負担がないのに対し、化学繊維（ナイロン、ポリエステル、アクリルなど）は、汗をかいたときとかにチクチクするし、静電気も起きやすいらしい。

で、着ていて気持ち悪いな〜と思う瞬間って、少ないほうが絶対にいいですよね。それ以来、なるべく天然繊維の服を着るようになりました。

まあ、それは置いておいても、チクチクしたり、静電気でバチっとするのって単純に体にとって不快ですからね。最近だと化学繊維がアレルギー性皮膚炎を引き起こしたり、静電気で肩こりや腰痛などにつながるとも言われているので、あながち私の実感も間違っていないと思う。

どうせ着るものなら、不快な思いが少ないほうがいい、というところから入ってもいいんじゃないでしょうか。

実用編

社会の不安も増やさない

おかげさまである程度、自分の不安を増やさない技術が身についてきましたが、私は自分が不安のない状態になるだけでは不十分だと感じています。

というのも、私は基本的に一人で暮らしているけど、無人島に生きているわけではないからです。

私だけ不安がない状態でも、私が生きているこの人間社会が不安だとかならず私にも影響がある。だから自分がよければそれで終わりにしないで、社会の不安も増やさないことを、これを読んでいるあなたにはぜひとも試してみてほしい。

これを書いている２０２０年12月現在、世界中がコロナ禍に見舞われ、社会機能がストップし、全人類が未曾有の緊急事態の真っただ中にあります。
だけどなぜか生活があまり変わらず、そんなに影響を受けていない人もいますよね。
私はといえば、コロナ禍の前から隠居生活をしていて、生活や楽しみを社会機能になるべく依存しない訓練をしてきたので、平均よりは困っていないほうだと思います。

もちろんすべては自分のせいではないと思っているので、自分の力だけでそうなっているとは思いませんが、いま自分がラクに生きられているのなら、それを独り占めするのではなく、少しでも社会にシェアしたいと願うのが人情ってもの。

とはいっても、じゃあどうすればいいのか。
元ＺＯＺＯ社長・前澤友作さんみたいに、お金を大量にばらまけるほど金銭的に裕福でもないし。

私は自分にできることとして、数年前からこども食堂に少しずつ寄付を続けていますが、ほとんどの人が、いま他人にお金を配るほどの余裕はないですよね。

じゃあ何もできないのかといったらそれは違くて、実は人間なら誰にでも備わっている能力があるんです。

それは想像する力。

なんじゃそりゃと思わないで、ちょっと聞いてください。

想像することの有用性は、ひとつには存在しないものを作り出せること。

古くは自動車、飛行機、テレビ、そして最近ではスマホやパソコンに至るまで、現代の生活のなかにあるさまざまな便利なものは、誰かが「こういうものがあったらいいのにな」と想像したことから発明され、この世に存在することになったものですよね。

そしてもうひとつは、自分ではない誰かの立場に立って考え、行動できること。

経験していないことも、想像することで共感や連帯をしたり、そこから何かを学ぶことができる。

ただし、人類にとってよいものばかりが発明されてきたかといえば、そうとは言えないし、なってほしくない状況を想像することでつらくなってしまうこともある。

だから想像力は使いようによって人間を助けもすれば苦しめもする、それ自体はいいも悪いもない、ニュートラルな力です。

しかしそれでも、私はこの力が、人間を人間たらしめているもの、他の動物や人工知能と決定的に違うものだと思っています。

でも、悲しいかな、現代社会では、想像力って絶滅の危機に瀕していると思う。なぜかというと、こういう力を発揮するのって、とにかく時間がかかるんですよね。

たとえば緊急事態宣言下で自粛要請中に営業しているお店が、本当のところはどういう状況にあるのか、外側からだけでは判断できないことを想像してみる。ふつうはありえないと見えることでも、ああいう事情かもしれない、こういう経緯かもしれない、とか考えていると、そんなにすぐに批判の言葉が出てこなくなってくるはず。でも想像力をなくしてしまえば、そういうのをすっとばして、いとも簡単に批判ができちゃう。

ただ、だからといって私は想像力をなくした人を一方的に責めるのも違うんじゃないかという気がする。

想像力と言ったからには、想像力をなくした人たち、そして想像力をなくしたかもしれない私のことを想像してみたい。私たちが想像力をなくすまでに何があったのか。

まあ、個人的な体験は千差万別で終わりがないので、わかりやすいようにみんなが共有してきた体験から考えてみます。

いま私たちが生きている、この社会という体験について。

経済至上主義の世の中では、何がもてはやされてきたのかというと、「効率」や「コスパ」などが筆頭にあがります。いかに少ない時間で、大きな成果を出すかが時代の命題でした。さらに新自由主義の世の中では、誰もが経済的な競争に巻き込まれ、勝った人だけが富を独占する、弱肉強食の世界。

もうこれだけで、他人の立場や気持ちを想像する余地ぜんぜんないですよね（笑）。

想像力をいちいち発揮していたらあっという間に置いてけぼり。時間も労力もものすごくかかるから、緊急事態になればなるほどとりあえず簡単に物事を判断して瞬時にどう動くか決めるしかなくなっていく。

人が想像力を使うことをやめてしまったのは、想像力を持っていたら生きていけなかったから。そもそもこの社会が想像力を大切にできなかったから、人は想像力をなくしていったんじゃないでしょうか。そしてコロナ禍でそれが顕在化した。

想像力の欠落が行きつく先は、他人への無関心です。そして他人への無関心は、不正や暴力や分断がはびこるのを放置します。

そんな社会に生きていたくないと思ったら、私にどんなことができるでしょうか。経済力も腕力も権力もない私でも、想像力なら持ち出すことができる。自分が不安をコントロールできているなら、まずは他人を不安に陥れるようなことをしないこと。想像力を使って、相手のことを考えること。私が余裕がなくて、不安でいっぱいだったら、どうされたいか?

私は、想像力の欠如からの無関心ではなく、心配からの干渉でもなく、**信頼からの尊重がほしい**。

だから他人にも、それをやればいいんです。できることは身の回りにたくさんあります。

たとえば自分がふだん食べるものや、着ている服が、どこで誰がどう作っているのか、想像してみること。

それを作っている生産現場や、売り場の労働環境はどうか。児童労働やブラック労働のようなことが行われていないか。また、持続可能なシステムで作られたものか。そのやり方で作物を作ることは、環境の汚染にはつながっていないか。

私は東京で隠居生活をしていたときは、なるべく無農薬で育てられた、人にも土壌にも負担がない玄米を、なるべく生産者から直接買うようにしていました。最近では、定番の白無地Tシャツを、無印良品のオーガニックコットンを使った製品（購入時2枚組990円）で揃えることにしています（オーガニックコットンは、農薬や化学肥料、枯葉剤などを3年以上使用していない土壌で作られています）。

でもこれはほんのごく一部。生活のすべてで完璧にやるのは難しいにしても、少しずつでも他人や社会の不安を増やさないことに貢献する方法は、その気になればいくらでも見つけられます。


社会に不安や不平や不満があるとき、まずは何でもいいから、それを解消するために自分にできることをやってみる。自分が自分を生きることを邪魔されたくないのなら、他人がその人を生きることを邪魔するために命を使ってはいけない。

今こそ想像力をフル稼働して、できる人から少しずつでも社会の土壌を耕していきましょう。そうやって耕した土壌は、その上に生きる私たちを大切にする世界とつながっているのだと信じています。

COLUMN 4

台湾隠居

住

台北市の隣・新北市にある学生街に、安いワンルームのアパートを借りています。玄関と廊下、洗濯機が共用で、シャワーとトイレが個別についています。キッチンはないですが、家具はついているし、無制限のＷｉ－Ｆｉも家賃に含まれています。必要十分以上です。

駅から遠い、通気性と日当たりが悪いのは許容範囲。造りが甘く、天井なんてうすいベニヤみたいなのをはめただけで、夜などネズミの足音がするのもよしとしよう。本当に困るのが、断水や電気系統の故障が多い、ということです。私の部屋だけという個人的なケースから街全体というレベルまで、年に数回必ずあります。とくに真夏に停電したりすると、冷蔵庫の中のものがダメになってしまうし、夜なんて暑くて寝れないしで、軽く命の危険が……。東京で住んでいたアパートでは、６年間で停電は震災後とか数えるほどしかなく、断水にいたっては一度もなかった。改めて日本のインフラって驚異的に維持されていて、あれはありがたいことだったんだなあと思う。

とはいえ台湾のアパートは安い！　家賃は４，５００元だったのを、１

年住んで更新するときに「これからも住むから安くして！」といって４，３００元（約１５，８００円）に値切りました（笑）。ただし、台北はもっと高いです。同じ条件の部屋を台北市内で借りようとするといくらくらいするのか、現地人に聞くと一様に「倍以上」という答え。

台湾では住人よりも大家さんの権利のほうが圧倒的に強いんですが、私の大家さんはとてもいい人で、不具合があったりしたとき、すぐには直らなくとも親切に対応してくれるので、これからも住み続けたい。完璧な部屋よりも、いい大家さんがいるアパートにこそ住みたいものです。

第5章

結局、不安って何だったのか

不安について改めて振り返る

さて、そんなこんなで私も30代半ばになりました。いい大人にもなって、相変わらず世間からは労働を最小限にしているのを怒られ、あんまり社会にもなじめないまま、年収は平均を下回り続ける人生です。

ご覧のとおり、子ども時代の不安はすべて実現してしまいました。にもかかわらず、その内実はわりと毎日ハッピーなんですよね。

じゃあ私が感じていたあの不安って、いったい何だったのか。

ここでは、私が現在、不安をどのように見ているか、考えているかをまとめてみます。

不安には共通点がある

まず、私がまえがきで挙げた、子どものころに感じていた3つの不安を、大人になってずいぶん時間がたった今、もう一度引っ張り出して眺めてみます。

・自分が楽しいことを優先していたら、親や先生に怒られるんじゃないか？
・人と違うことをしていたら、クラスや社会で仲間外れにされるんじゃないか？
・自分は人よりも能力が劣っているから、将来人並みほどにも稼げなくて、生きていけないんじゃないか？

これ、よく見てみるとわかるけど、3つとも不安を感じた時点では、まだそれは起こってないんですよね。なのに、想像だけがむちゃくちゃたくましくなっちゃって、勝手に悪いほうに想像して不安になってる。まだ起こってないんだし、せっかく想像するならいいほうにすればいいのに、自分でもアホだな〜と思う。

でも、悪いほうに想像するくせって、私は未就学児くらいのときは持ってなかったような気がするんですよね。

想像の方向性を決めたのはおそらく、成長して外の世界に出て、人間と付き合うようになってからの、いくつかのイヤ〜な経験だと思います。遊んでばかりで親や先生に怒られたり、周りに合わせることを知らなくてある日とつぜんクラスで無視されたり、はじめてのアルバイト先で失敗だらけだったり。

で、よく考えたらこれも、10回中10回がそういう結果になるわけでもないんですよね。

遊んでても怒られないときもあるし（むしろそのほうが多い）、周りに合わせなくても無視されないときもある（やっぱりそのほうが多い）。アルバイトはたくさんやったけど、これはうまくいってる職場のほうが多いとは言えないかもしれないが、何の問題もない職場もたしかにあった。

ただ、何度か好ましくない結果になった時のイヤ〜な気持ちってけっこう強烈だから、それが失敗のパターンとして記憶にこびりついちゃうんだと思う。

逆に、もうすでに終わってる過去のことに対して不安になる場合って、思いつかなくないですか？　終わってるってことは、もう想像の余地が残ってないですもんね。

だから、どうやら不安というのはいつも、まだ起こってない未来のことに対して発動するらしい。

不安は死なないために必要

じゃあなんで起こっていない未来のことに対して不安になるのかっていう疑問が出てきますが、これは「未来のことはわからないから」だと思う。人間、わからないことがあるっていうのは不安、を通り越してときには恐怖すら覚えるものです。謎のウイルスとか、現在進行形の凶悪犯罪とか。何なのかよくわからない、説明のつかないことって怖いですよね。

ところで、不安になるときって、最悪の最悪の最悪を想像してみると、全部同じ結果になると思いませんか？

ここでまた先の3例を使ってみます。

・自分が楽しいことを優先していたら、親や先生に怒られるんじゃないか？　↓怒られたら、親や先生に嫌われるんじゃないか？　↓嫌われたら、見捨てられるんじゃないか？　↓見捨てられたら、子どもの私は生きていけないんじゃないか？

・人と違うことをしていたら、クラスや社会で仲間外れにされるんじゃないか？　↓仲間外れにされたら、学校に通えなくなるんじゃないか？　↓学校に通えないと、将来どこにも働き口がみつからないんじゃないか？　↓働き口がみつからないと、お金が稼げないんじゃないか？　↓お金が稼げないと、生きていけないんじゃないか？

・自分は人よりも能力が劣っているから、将来人並みほどにも稼げなくて、生きていけないんじゃないか？

3つ目は、もう答えを最後まで言っちゃってるからわかりやすいですね。

ということは、どんな不安も結局のところ突き詰めれば、生きていけない＝死、につながっている。だからずーっと先のほうに死の気配がしただけで、そうならないために頭がぐるぐるいろんなことを考えはじめるんじゃないかなぁ。

こうして書き出してみると、けっこうなネタバレ感というか、なんだそれだけか〜、っていう気が、しなくもない。

ちなみに、不安が生存本能だとすると、「不安がないと不安」みたいな人の気持ちもわかる気がする。

不安に突き動かされていると、ぱっと見は生死に関係ないように見えても、遠く離れた意識の先のほうで、「死なないために何かしている」という安心感があるんでしょうね。でも、死ぬのを回避するために備わっている不安なので、「不安のための不安」になっていないか、ちょっと確認してみるのはいいと思う。どっちにしたって、どうせ不安にはなるんだから！　そう思えば、わざわざ余計に不安になることもないんですよ。

というわけで、不安って何なのかというと、第一義的には、生存のためにプリインストールされている機能。大枠はこれで間違いないと思います。生存本能に訴えかけられて不安になることで、人は生き延びるためにどうしたらいいか考えはじめるからです。不安を感じることが生きるためのモチベーションになるってことは、ネガティブなことばかりでもないんですね。

具体的な行動の起こし方

でも、当たり前だけど考えてるだけでは意味がない。具体的に行動を起こしていかないと、不安は消えてくれません。ところが私が不安だったとき、行動してもぜんぜん不安が消えてくれなかった。なぜなのか。ここで今度は、私が不安を感じたときにどういう行動をしたのか、ふたたび振り返ってみます。

①楽しいこと、好きなことをするのに罪悪感をおぼえる。やりたくないことを多少ムリしてもがんばってやる

②本心では違うんじゃないか？　と思っていても自分の感情を黙殺。周りに合わせる

この二つに関しては、たしかに行動はしてますよね。ただ、その行動がひじょうに一時的かつ場当たり的です。このやり方は、一瞬だけうまいことやり過ごせた気がするんだけど、時間が経つと結局また同じ不安がやってくる。その場は解決しても、気持ちが解決してない、というのかな。本当は、ムリしたり感情を黙殺するのではなく、罪悪感や、「違うんじゃないか？」という違和感のほうを解決したい。

草むしりとかに例えるとわかりやすいかもしれません。

地上に見えている草（わき出てきた不安）の部分だけを刈り取っても、また必ず同じ場所に同じ草が再生します。それなら、ということで根っこから引き抜いても、やっぱりしばらくは大丈夫でも、雑草はあとからあとからどんどん生えてくる。それを思うだけでもうイヤ〜な気分になったりして。

草をむしるのは医学用語に当てはめると対症療法というやつで、即効性はあるけど根本的には解決してません。

といって即行動を起こせるといいんだけど、何が根本的な解決になるのかわからないまま、場当たり的な解決策を打ちだし続けて疲れ果ててしまっている、という人が現代社会にはあまりにも多いように思います。疲れすぎていると、正常な判断をするのが至難の業になる。

まず、何よりも心身を健康に

そこで、第2章で紹介した、「不安な世界から離れてみる」というのが効くわけです。23区内で経済的にギリギリの生活をしていたころ、食費を節約してもバイトを増やしても焼け石に水だった。それでイヤになって23区内から郊外に逃げたとき、「心身を健康にする！」とかまったく考えてなかったんですが、図らずもこれが心身の調子を回復し、人生に立ち向かう態勢を整えるきっかけになりました。

草むしりにまた例えれば、「草なんてちょっとくらい生えても大丈夫なように、土を元気にする」という感じかな。今までいかに草をむしるかっていうことばかり考えていたのをとりあえず置いておき、土壌から改善してみよう、と。こういう新しい発想って、疲れているときはなかなか思いつかない。

今すぐ何か行動を起こして安心したくなる気持ちもわかりますが、小手先の応急処置を繰り返して疲弊しているなら、いっそのこと急がば回れ。不安になってしまう場所や暮らし方を離れて、まずはゆっくりと休息をとってみるといい。不安グセがついて疲れた心と体を回復させておくと、思わぬところから物事が解決することがある。

頭の回転だけで不安を乗り切るには、無理があったんです。

不安と向き合うためのスタート地点に立つのは、心と体を正常な状態に戻してからでも決して遅くはないですよ。

他人や社会の不安を取り込まない

不安な世界から離れ、心と体、そして生活も落ち着いてくると、不安を客観的に眺めるくらいの余裕ができます。このあたりでやっとわかってきたんですが、どうやら私が身に覚えのある不安の由来には、２種類あるようでした。

①自分由来の不安
②他人や社会由来の不安

これを分けて考えると、何をするべきで何はしないべきか、とてもわかりやすくなります。

まず①自分由来の不安ですが、これは前にも書いたような、生存本能としてシンプルに備わっているものが原型だと思います。

地球上の誰にも当てはまる最も原始的な不安というと、「ごはんを食べないと生きていけない」とかですかね。で、ごはんを買うお金が必要だ。そのお金を稼ぐために働こう、となる。まあ、人によっては「畑をやろう」「養ってくれる誰かを探そう」とかもあるかもしれませんけど。

あとは人類にとって、いちばん身近で誰にでも当てはまる生存本能は、自然災害に対する強い不安かな。

たとえば地震は、日本に住んでいる限り、かならず起こると言われてますよね。だから人々はつねに最悪の事態を予想し、不安になる。その結果、ある人はせっせと備蓄をするし、ある人は地盤の固いところに引っ越したり、住宅の耐震補強をする。あるいは、自分は何もしたくないけど神様に祈ってなんとかしてもらおう、という人もいるかもし

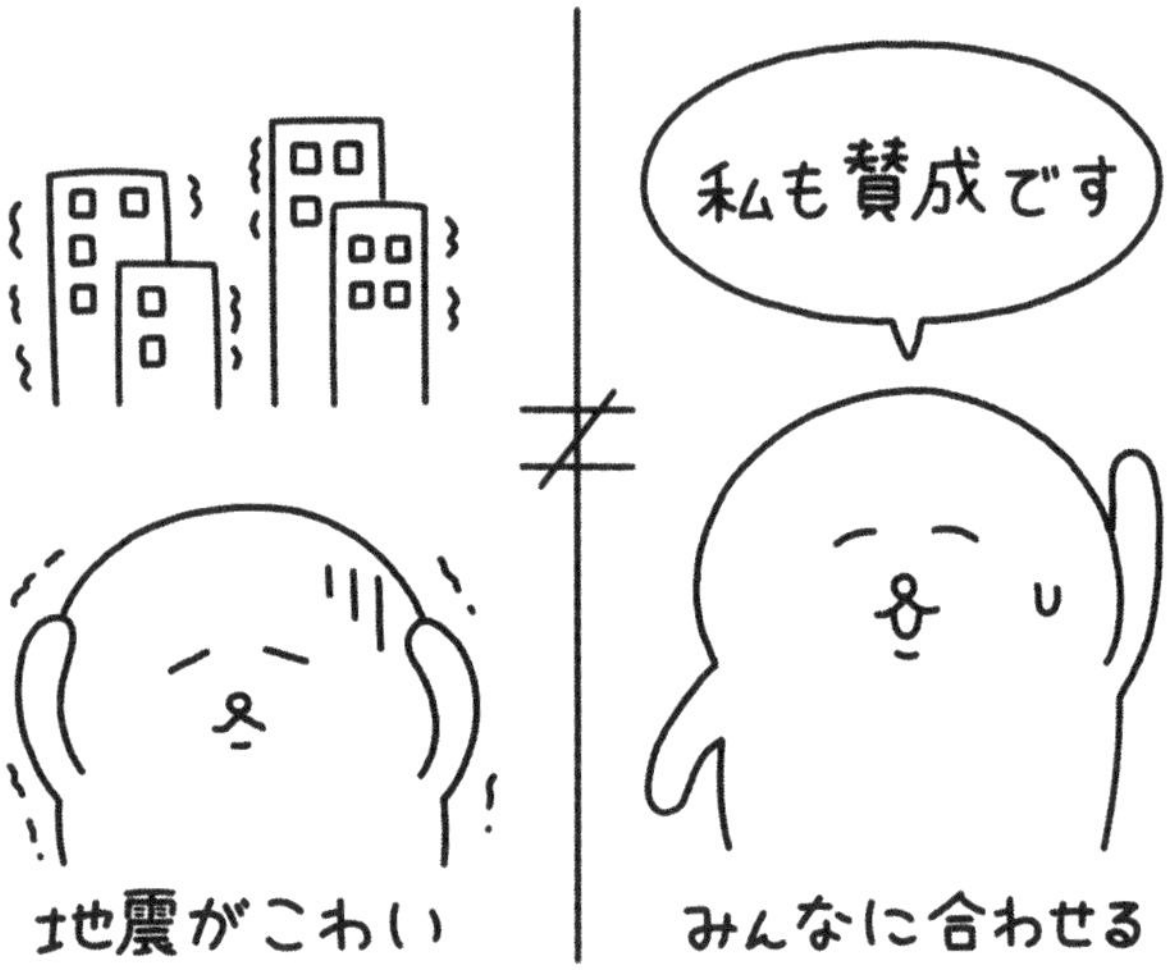

れない。

この場合、どれか一つが正解というわけではなくて、どれも正解なんですよね。たくさんの行動パターンがあるほうが、生き残る確率が上がる。だからしいていえば、それぞれがたくさんの解答を打ち出しておくことが、正解。

逆に言うと、日本に住んでて自然災害に対して不安を覚えなかった人間は、何の対策も打てないのでたぶんとっくの昔に死んでると思います。

つまり自分由来の不安は、自分を生かしてくれる不安です。あって当然のもの。本来、不安のはじまりってこんなにシンプルな話なんですよね。

でも、不安が強すぎて心身を壊してしまう場合もあります。不安が自分を生かすどころか、自分を殺すほうに作用している。これはどう考えたらいいのか。

私は、自分を殺す不安は、生存本能として身についている機能が、他人や社会から無意識に＆後天的に植え付けられた不安に対して働いてしまっているのが原因だと思います。

これが②の、他人や社会由来の不安。

ここで私の子どものころの不安を感じたときの行動を三たび引っ張ってきます。

・楽しいこと、好きなことをするのに罪悪感をおぼえる。やりたくないことを多少ムリしてもがんばってやる

・本心では違うんじゃないか？　と思っていても自分の感情を黙殺。周りに合わせる

これ、大人になってからわかって衝撃だったんですけど、ためしに不安を無視して行

動してみたら、全部ウソだったんですよ。やりたくないことをがんばってやらなくても、本心を黙殺して周りに合わせなくても、私自身は実際生きていけてるし、しかもそのほうがストレスが少ないんです。だから私の生存にとっては、ぜんぜん役に立っていなかった。

じゃあ誰の生存のために役立ってたのか。

想像ですが、右記のような不安は、私じゃなくて私の周りの誰かの不安だったんじゃないかと思う。

人間の神経細胞にはミラーニューロンという「共感」細胞があって、視界に入った他人の考えや行動を、鏡に映ったように無意識に、自分へ反映させていくクセがあるそうです。自分の身に起こったわけではないのに、映画を観たり、他人の体験を聞いたりして泣いたり笑ったりできるのは、このミラーニューロンによる作用と考えられています。

これはかなり強力に作用するもので、一説にはクラスで誰が最もかわいい／イケメンと感じるか、といった個人の好みと思われることまで影響されるという。クラスメイトにさえ影響されるのなら、一緒にすごす時間の長い家族には、何をかいわんや、です。身近に強い不安を抱えた人がいると、こちらまでその不安を取り入れてしまう危険がある。

私の不安に当てはめてみます。

親が「楽しいことや好きなことばかりしていてはいけない」、そしてクラスメイトが「人と違うことをして目立つと、いじめの標的になる」と思っていたとしたら。明確に口には出さなくても、些細な言動から無意識に自分の不安としてインストールしてしまっていた可能性はじゅうぶんある。

でもそれは、私の問題じゃなくて、それを不安に思ってる人自身が解決すればいいこと。

他人がなんとかするべき不安まで自分が抱え込んでしまうから、ストレスがかかって心や体を壊す。そういう仕組みになってるんじゃないかな〜と思う。

じゃあ、どれが自分の不安で、どれが他人の不安なのか。見極めるポイントは、その不安が自分の生存に役立ってるのかどうか、です。

その不安は自分を生かしてくれるか、それともしんどくしているか。冷静に分別し、自分を生かしてくれる不安だけを受け入れましょう。

そしてこれ、実は自分だけが気分よければいい、という了見の狭い話ではないと思ってます。

自分の不安をきちんと自分で解消できるようになれば、ミラーニューロンの法則で、そばにいる他人に不安を移すという負の連鎖を、ここで食い止めることができる。

親や他人、社会から受け取った不安のバトンを他の人に渡すのはもうやめましょう。自分のためだけでなく、次の人のためにも。だからまずは、自分で自分のきげんをよくするんです。これって小さいながらも、誰にでもできる社会貢献と言えるんじゃないかな。

自己肯定感を高めるのがしんどい

不安とうまく付き合っていくために、①心身を健康に保つ、②他人や社会の不安を取り込まない、ができたら、次にやってほしい、いや、やれたらいいのにな～、と思うことがこれです。

□自己肯定感を高める

しかし告白しますが、私はこれがたいへん苦手です。

というのも、今をときめくキラキラ自己啓発ポジティブワードだから。「自己肯定感」を「高める」なんて、見るからにテンション高そうでやる前から疲れる。だいたいそんなもん素直に受け入れて実行できるくらいなら困ってないんですよ。

言葉の響きからしてムリ！　だからといって、しんどい人生もイヤ！

そんなわけで、自己肯定感を高めるのに気後れしてしまう私が編み出した苦肉の策がこちらです。

□自己否定感を下げる

どうでしょう。「否定」に「下げる」、ネガティブっぽいワードの畳みかけ。なんとなく閉塞感ありますよね。ローテンションでも大丈夫っぽいし、これならあんまり抵抗がなくないですか？

やり方は簡単です。

自分の言動のなかで、自己否定感に突き動かされているものを注意深く選別し、見つけ出したらそれを言動に移さずに、いっぺん無視。そして、自己否定感を無視しても、死なないことを確認。これを地道に繰り返すのです。

ここで例として、私の子どものころに感じていた不安の3つめを引用します。

・自分は人よりも能力が劣っているから、将来人並みほどにも稼げなくて、生きていけないんじゃないか？

これは前述のとおり、私がはじめてのアルバイトでまったく使い物にならなくて毎日ド叱られまくっていたことから覚えてしまった不安です。でも大人になっていくつかの職場を経験したあとでは、この設定がたいへん間違っていたことがよくわかる。

能力の優劣は仕事の内容にもよるし、将来人並みほどにも稼げてないっていうのは当たってるけど、人並みが私の幸せっていうわけでもない。それでも死なないどころか、毎日楽しく生きていけてるんだから。

若いころのとぼしい経験値をもとに、ぜんぶ頭のなかだけで判断しようとするから、おかしなことになっちゃってたんですよね。頭のなかより現状優先！

でも不思議なのは、どんなに失敗しても、ネガティブな思考パターンに陥らず、「ま、何とかなるっしょ」とケロッとしてる人もいる。

何その超人的マインド！

こういう人が、自己肯定感が高いっていうんだろうなぁ。私は無理でした。どうしても、ひとつの失敗を根拠にネガティブなセルフブレーキがかかってしまう。そして「自己肯定感を高めると人生イージーモード！」っていう説が絵に描いた餅のように見えてくる。

この場合は、自己肯定感はとりあえず置いておき、自己否定感を無視することを繰り返すといい。

高校生のころの私にアドバイスするなら、「能力が劣っているかどうかは、10個くらい色んな仕事を経験してからじゃないとわからないから、決めつけなくていいんだよ」です。一つや二つの経験で、「自分はダメである」と結論づけないこと。そして、「本当にそのバイトができないと生きていけないのか確かめてみるといいよ」。つまりそこは辞めて、別の場所でも働いてみること。

あのときの自分に言ってるんで、ちょっと厳しい言い方をするけど、何も行動を起こさないで自己否定だけしてるのって、ある意味ラクだった。

たまには勇気を出して、自己否定感を無視してみてほしい！

大丈夫、死にゃあしません。むしろ、ゆっくりとではありますが、不安の解決を下支えしてくれるはずです。

結局、不安って何だったのか

というわけで、結局不安って何だったのか、あらためてまとめてみます。

- 人間はまだ起こってないことに対して不安になる
- なぜなら、未来はどうなるのかわからないから

- わからないということが、不安を引き起こす
- すべての不安は、突き詰めると「死」につながる
- だから不安は生存本能として身についている機能である
- でも、不安が的中しても意外と死なない

そして不安に立ち向かうためにできること。

- まずは心身を健康に整える
- 他人や社会の不安を、自分のものにしない
- 自己否定感を下げていく

不安にからめとられて何もかもダメだと思うとき、他には何もしなくていいから落ち着いてこのことを思い出してください。そして、もしも気が向いたらできそうなことだけ試しにやってみて、不安が自分の人生の舵を握ろうとするのを、妨害してやりましょう。

誰にでも、人生の天気みたいなものがあって、一度も荒れない人っていないと思う。私が経験から学んだのは、不安な状態っていうのはおおかた、人生の天気が崩れて現状認識能力がおかしくなってるだけで、天気が回復してくると、だんだん大丈夫になっていく。で、あとから振りかえると「あれ？　大したことなかったじゃん。あのとき不安にかられて焦って何かをしなくてよかったんだ……」ということがほとんどです。

でも不安には慣れることがないので、毎回リアルに命の危機ぐらいに思うんだけど、悲しいかな、過ぎ去るとそれも忘れちゃうんですよね～。

だからこれからも、不安になることはあると思うけど、渦中にいるときに気をつけるのは、不安に人生の舵を握らせないようにすることだけでいい。それで、生きたくなってきたら、また生きればいいんです。

人生は長いですからね、こんな感じでぼちぼちやっていきましょう。

＊＊＊

さて、この本では、私が「不安」というぼんやりしたものについて考えたこと、試してみたこととその結果を書いてきましたが、では不安とうまく付き合えるようになったあとにどうすればいいのかは、書いていません。というのも、これがいちばん大切なことですが、人は不安をなくすために生きているわけではないからです。

　不安が人生を邪魔するものでなくなったとき、自分がどう生きていきたいのか。こちらのほうが、重要な問題です。答えも正解も、学校のテストみたいにたった一つならいいんだけど、こればかりは残念ながら自分で見つけて、それを自分だけの答えや正解に育てていくしかない。

　でも、ヒントはあります。

　どう生きていきたいのか、と問われると、話が大きすぎてピンとこない人もいるかもしれません。だからといって、自分がどうしたいのかわからないってことには、ならないと思うんです。目の前に選択肢があるときって、不安によってヘンなブレーキがかかりさえしなければ、人は無意識に自分の好きなほう、得意なにおいのするほうを選びとるものだから。

　料理が好きな子は、必ず親が料理しているのを見て興味を持つし、スポーツが好きな子は、必ずテレビのスポーツ番組に目が行って、誰にも教わらないのに勝手にルールを覚えたりする。料理やスポーツ以外にも、世の中にはいろんなことがあるにもかかわらず。

そういう「**自分のヒント**」って、頭で考えるとわからないかもしれないけど、体や心は子どものころから知っているものです。

子どものころ、何をしているときが楽しかったですか？

親に注意されたり、他人や社会に否定されたりして、あきらめてしまったことはないですか？

すべての人が、まだこの世界が不安でいっぱいであると記憶してしまう前の自由な気持ちのまま、大人の知識と経験と判断力を持ち、自分の世界を作っていくことができたなら。たぶんこの世界は、もっともっとおもしろい場所になるに違いない。

別の誰かになろうとしたり、他人のことにあれこれ口出しするのをやめ、自分を生きることに持ちうるすべてのエネルギーを使うとき、それは巡り巡って、別の誰かがその人を生きるのを守ることにも、必ずつながります。

私はマハトマ・ガンジーが好きなんですが、彼は「見たいと思う世界の変化にあなた自身がなりなさい」と言いました。

みんなが不安な気持ちから何かをあきらめている社会ではなく、それぞれが好きなようにいきいきと生きている社会を見たいのなら、やっぱり他人のことに首をつっこんでるヒマなんかない。まずは自分から何かをはじめなければ。

それに、自分が楽しく生きることが、自分以外のみんなも楽しく生きることへと波及していくとしたら。これってもしかして、実はものすごく効率的で、手っ取り早い平和への道なのかもしれないですよね。

だから不安とうまく付き合い、自分を生きていくことは、自分のためになるだけではなく、他の誰かや、私たちが生きているこの社会にとっても、ものすごく価値のあることなのだと思う。

この本を読んで、あなたがその第一歩を踏み出してくれたら、こんなに嬉しいことはありません。って、人に言う前にまず自分から、ですよね。

ほんとうに大変な時代だけれど、私も、今日この一日をしっかり生きていこうと思います。なるべく楽しく、きげんよく！

大原扁理（おおはら・へんり）

1985年愛知県生まれ。23歳で上京するも、働いても働いても余裕のない都市生活に嫌気がさし、郊外のアパートへ転居。25歳から東京で週休5日の隠居生活を始める。31歳で台湾に移住。
著書に『いま、台湾で隠居してます』（K&Bパブリッシャーズ）、『年収90万円で東京ハッピーライフ』（太田出版）、『なるべく働きたくない人のためのお金の話』（百万年書房）がある。

● ブログ　https://ameblo.jp/oharahenri/
● ツイッター　@oharahenri

隠《いん》居《きょ》生《せい》活《かつ》10年《ねん》目《め》
不《ふ》安《あん》は9割《わり》捨《す》てました

2021年2月20日　第1刷発行

著者	大原《おおはら》扁《へん》理《り》
発行者	佐藤　靖
発行所	大和《だいわ》書房
	東京都文京区関口1-33-4
	TEL03-3203-4511

ブックデザイン	西垂水敦・松山千尋（krran）
イラスト	フナカワ
校正	円水社
カバー印刷	歩プロセス
本文印刷	信毎書籍印刷
製本	小泉製本

ISBN978-4-479-79737-1

乱丁本・落丁本はお取り替えいたします。

http://www.daiwashobo.co.jp/